偉大的隱藏者

崔鐘勳——著
尹嘉玄——譯

SECRETLY
은밀하게위대하게
GREATLY

Contents

打從娘胎起我就是隻野狗。

在我們這裡叫做「革命戰士」，在他們那裡則叫「間諜」。

我以野狗之姿出生，再被培養成怪獸，一隻偉大共和國的革命野獸……

偉大的隱藏者，終於，作戰開始！

PROLOGUE
序曲

唰！唰！暴雨滂沱，伸手不見五指的北韓黃海道琵琶串海軍基地裡，男子正在等待某人的到來。身上的迷彩軍服被大雨徹底浸濕，緊貼著肌膚，男子仍不動聲色地將全身力氣集中在軍靴後跟處，直挺挺地站在原地。

就這樣過了二十多分鐘，一束車頭燈穿過雨水從遠處照來，一輛吉普車在男子身旁停下。男子依然保持立正的姿勢，毫無動搖，彷彿即使吉普車朝他加速衝去也不會閃躲般定格在原地，這是他等待的那人教他的站法。

一位男子從吉普車上下來。

「九八—〇〇七五，元柳煥！」

粗獷宏亮的聲音不帶一絲情感，從車上下來的男子正是金泰源大佐[1]，部隊裡惡名昭彰的人物，曾因叔父侮辱黨國而親手將之關進政治犯集中營，足證其冷血殘忍的程度。某次訓練途中一隻狗遭毒蛇攻擊，他徒手抓起毒蛇，以嘴啃咬令其致死，之後又用棍子將毒液擴散全身而掙扎的狗一擊斃命。

男子腳踏著軍靴，配合口令，再次報上官等、姓名：

「是！九八—〇〇七五，元……」

「停！」

雨越下越大。

「從現在起，你不必再向我報告了。」

金大佐一開口，從右臉頰延伸到嘴唇再至下巴的那一道長疤，宛如一條長蛇隨著嘴巴開闔而蠕動著。

「今後你我再相見，只有兩種情形：一是祖國統一，不再有階級之分，你我稱兄道弟；二是成為敵人，互相殘殺。七分鐘後，寫有任務與滲透路徑的指令就會送達，收到五分鐘後，馬上開始執行。」

終於要出征了。然而，不僅沒有慶祝出征的演奏樂隊，男子從未見過的高層也仍無緣見到。這些人所屬的部隊是在黨內也鮮少有人知道的秘密部隊。金大佐的目光朝遠方虛空處凝望，男子也只能凝視著黑暗的防波堤。

「作為訓練同志你五年的人，我只有一句話：不准死！」

金大佐的聲音慢了一拍才傳進男子耳裡。混雜著雨聲，隱約傳來的那句「不准死」，這簡短三個字卻是世界上最艱難的任務。

「不要懼怕死亡，務必活著回來，親眼見證偉大祖國的榮耀！真要死，也要成為傳

1 韓國軍階，等同「上校」。

說之後再死！」

男子明白「不准死」這句話的重量，也瞭解這比「壯烈地戰死」在長官心中更具期待。不准死！過去九年不斷將男子逼向死亡懸崖的金大佐，如今卻如此下令。這句話瞬間超越過去九年為了存活而咬牙苦撐的時光，霎時間，一股滾燙炙熱的情緒直竄男子心頭。

「為偉大的大共和國繁榮昌盛，我將奉獻此生！」

男子努力壓抑心底波濤洶湧的情緒，對金大佐致上最大的敬意，舉手行禮。

九八一〇〇七五，元柳煥，南派特殊空運部隊五星組第三組長，潛入行動代號：赤壁花。

同樣暴雨滂沱的某個冬日，男子終於朝著他從未探訪過的地方，出征。

EPISODE 1
野狗

兩年後，場景拉到可以將整個首爾市盡收眼底的月亮村[2]平和優閒的一條條巷道上。柳煥穿著鬆垮的運動服緩慢地走在巷子裡，瞬間，一陣尖銳且充滿緊張感的風聲竄進柳煥耳裡。

咻！

——七點鐘方向，不，八點鐘。距離大約十公尺。耐心等待，要沉得住氣，我等著……丟了！你以為我會閃躲嗎？看我接招！地質地形掌握完畢，只要往旁邊一步就有絆腳石，再過去是柔軟的沙場。從那咻地一聲來判斷，肯定是顆小石子。

正當柳煥在整理思緒時，一顆小石子準確地命中他的右臉頰。被石頭砸個正著，他拙劣地演出疼痛不已的表情。

「耶！丟中了，哇哈！」

「哇，哥哥最棒了！」

柳煥原本正搔著一頭凌亂黏稠的頭髮，像隻餓了很久的狗，睜大雙眼直愣愣地走在房子與居民幾乎同時老去、毫無特別之處的月亮村巷弄裡，碰巧遇上村裡總是不斷挑戰他、讓他片刻不得鬆懈的兩名惡童：治雄跟成珉。孩子的疑心本來就比較重，千萬不能因為對方是小孩就掉以輕心，柳煥刻意讓隨意套穿的拖鞋勾到身旁的絆腳石，再將身體自然倒向小公園裡的沙場。

「啊呸！啊呸呸呸……」

「耶！笨蛋！敢再不聽我的話你就死定了！」哥哥治雄得意洋洋地說。

「笨蛋，你撿這個吃吧，大傻瓜！哈哈。」

弟弟成珉將吃剩的一根香腸條[3]丟向柳煥，接著哥哥對站在一旁的弟弟喊道：

「走！哥哥請你吃冰淇淋！」

治雄排行老大，成珉是老二。村裡大部分都是上了年紀的老人，只有這對兄弟是孩子。理著平頭、沒有門牙的治雄是讓全村村民頭疼的搗蛋鬼，弟弟成珉則有一對如松毛蟲般黝黑濃密的眉毛，整天只知道跟在哥哥屁股後面一起欺負柳煥。這對兄弟在村裡沒有同儕，總是形影不離地欺負他。雖然每天要應付這兩隻小毛頭實在很煩，卻是必要之事，只是柳煥每次都被氣得牙癢癢的。

——這兩個小兔崽子，總有一天看我怎麼好好教訓你們。

柳煥一把抓起眼前沾了沙子的香腸條，掙扎著起身後，拍拍身上的沙，沒想到又一塊小石子朝他後腦勺飛來。

2 貧苦人家群聚在山坡上而成的村落。因房屋蓋在地勢高處，較接近月亮而得名，亦稱作「板子村」。

3 韓國小孩常吃的零食。主要以魚漿製作，也有起司口味。因製成細長的香腸狀，故稱香腸條。

「啊！」

「耶！你以為我們走了吧？大笨蛋！」

「乞丐，乞丐！你這乞丐，叫你吃還真的撿來吃！」

——我知道你們沒走！這兩個乳臭未乾的傢伙。

柳煥緊盯著小傢伙們離去的背影，明明才一大早，已被弄得非常狼狽，原本就破舊不堪的運動服更顯髒亂，被石頭擊中的臉頰與後腦勺也紅腫灼熱。柳煥不禁想到，要是金大佐看見自己現在這副模樣，鐵面無表情的他或許也會感到可笑。柳煥在共和國是「革命戰士」，但在這貧民窟裡只是一名「臥底間諜」。

柳煥確認兄弟倆離自己越來越遠後，將身上的沙子拍下。即使一身狼狽，他的眼神卻明亮無暇，一一端詳五官，算得上乾淨清秀。長到頸子的濃密頭髮掩蓋了尖挺的鼻樑，外型活像個「笨蛋」。治雄與成珉消失後，村子再度回到一片寂靜。

今年二十四歲的元柳煥，九年間以兩萬比一的競爭率存活了下來，是僅存的五人之一，隸屬超級菁英部隊，不僅跆拳道八段、射擊R級（命中率百分之九十八．七），還完成醫學、工學、化學專業課程，並精通英、中、俄、日、韓等五國語言。

金大佐曾叮嚀他：「真要死，也要成為傳說之後再死！」這話自他抵達村子後，片刻都不曾忘記。

潛行代號：赤壁花。

滲透任務：潛入南韓最下層的村落，成為其中一員，蒐集並回報他們的生活型態、政治與軍事動向、理念等。

然而，以野狗之姿出生，被培養成怪獸的柳煥，南派任務竟是要到村子當傻瓜。每天不僅要配合那兩個流鼻涕的小鬼頭的捉弄，還要可笑地演出扭曲身子掙扎的戲碼。他拍拍身上的沙塵，喃喃自語道：

「到底要我怎麼成為傳說啊！」

「東九！東九啊！還沒起床嗎？」

奶奶掃著雜貨店門口，扯高嗓音朝二樓大喊。柳煥將頭探出窗外，與樓下掃地的雜貨店奶奶四目相對。

「嘿嘿，怎麼了？」

「還不快點下來，在那裡幹什麼？太陽都要曬屁股啦！貨就快送來了，你腦袋比別人笨，至少要勤勞點才有飯吃啊！」

全順林，六十五歲，人稱「雜貨店奶奶」，也是柳煥的雇主。對於想隱藏身份的柳煥而言，雜貨店奶奶是個絕佳的掩護。十五年前，奶奶在此開始做生意，家裡只有一個兒子，專長是鬥嘴吵架，脾氣易怒不好惹，嬌小的身軀與滿頭捲髮非常符合她鐵娘子般的性格。柳煥以幫雜貨店工作為代價，換取二樓的房間住宿與三餐。

其實雜貨店的工作很簡單，就是打掃、搬東西、外送。一天八小時，一個月工作三十天，可以領到二十萬韓元。柳煥下樓前，打開自己偷藏在房間角落的糖果罐，專心注視著他存下的錢。免費吃住，每個月還有二十萬韓元可以拿！比起共產黨員一個月薪水最多只有幾千塊，月領二十萬相當可觀。這兩年存下的錢總共是三百七十五萬韓元！抱著糖果罐，他雙手不禁開始顫抖。

——我是富豪了！

柳煥想起昨晚煮泡麵時偷偷打入兩顆蛋的事，開心得合不攏嘴。

——要是奶奶知道應該會氣暈過去吧？

柳煥用衣袖擦了擦鼻涕，套上拖鞋。打開鐵門，可以看到頂樓陽台旁直接通往一樓的樓梯。柳煥穿著邋遢的運動服，假裝不小心踩空第一個階梯，摔了個大跟斗滾到一樓。雜貨店奶奶看見柳煥從樓梯上滾下，一句關心的話也沒有。

「哎唷唷，真行啊！那樣摔得死人嗎？再摔啊，多摔幾回！大白天到底在幹什麼啊，明明是個四肢健全的傢伙。」

柳煥只有傻傻憨笑著。任務執行綱領中明確指示：一天至少三次，必須在一人以上可見之處實實在在地跌個狗吃屎。奶奶丟下掃把，走進店鋪。

「快去把店門口給我掃乾淨！」

「嘿嘿，好。」

——如果奶奶發現我的每個動作都是算計過的，應該會受到驚嚇吧？總之就是要讓大家都以為我是個超級蠢蛋。

柳煥確認奶奶進雜貨店後，收起臉上的憨笑。

「東九先生，你好，在掃地啊！」

隨意揮動掃把的柳煥聽見後方傳來明亮開朗的嗓音。

「嘿嘿，啊，哈囉。」

尹友蘭，二十二歲，在中小企業擔任經理，是第一位被柳煥記在調查名單上的女性，總是穿著端莊的窄裙套裝上班。柳煥癡呆地望著她左右擺動的馬尾。

此時有人狠狠拍了柳煥後腦勺。

「東九你這臭小子，又在看我姊！你要是敢再看她，小心哪天死在我手上！」

十八歲的高中生尹友俊是尹友蘭的弟弟。每天被這個充滿騎士精神的高中生沒理由地打頭也是任務的一部分，因此柳煥只能忠於任務，傻笑回應，同時不斷在心裡下決心，哪天時機一到，絕對要好好教訓他。

柳煥當年出征時，原本對任務抱著很高的期待。以野狗之姿出生、被培養成怪獸的他，曾想過自己可能要扮成大學教授去洗腦南韓知識階層或幹掉某重要人物。然而現在，他的任務不過是當個傻子罷了。

——為什麼我只能這樣狼狽地進行任務？啊，如果說這是成為偉大間諜的必經之路，是為了共和國，無論被指派何種任務，我都不能有怨言。

柳煥的思緒雖已跑到遠方，肚子卻留在原地飢腸轆轆，此時，傳來奶奶的呼喊聲：

「東九啊，來吃早餐了！」

雜貨店奶奶一喊，柳煥立刻興沖沖地跑進店裡。

「你盛湯，我來盛飯。」

「好！」

鍋裡是牛肉蘿蔔湯。泡菜、紫菜、牛肉、蘿蔔和一大碗白飯，這是今天的早餐。

——說什麼庶民餐，竟然每週都能吃到一次肉湯！以前在訓練營只有決一死戰拚死存活下來的人才有資格吃這東西。

柳煥看著眼前的牛肉湯，百感交集。

「吃吧！」

「開動囉！」

奶奶單腳跪地，默默地將湯碗挪向自己。柳煥將白飯泡進湯中狼吞虎嚥，並在心裡暗自嘲笑奶奶：

——傻老太婆！妳一輩子都不會知道我在自己湯裡多放了兩塊肉。

吃完早餐後是日復一日相同的行程：幫奶奶跑腿、掃地、幫忙外送米酒或燒酒，再次打掃、打蒼蠅。完成這一連串的工作後，轉眼就到一天中最優閒的下午兩點。

柳煥癱坐在店鋪前的半張平床上。雜貨店位於月亮村出入口，也就是說，要離開村落一定得經過這家店。上班族這時早已都去市區，無所事事的老人和小孩準備午睡，柳煥半閉著眼坐在平床上。看到他這副模樣或許有人會以為他在打瞌睡，但一切只是演戲，他腦中正在整理當天蒐集到的情報。正當他演到身體逐漸無力、眼皮幾乎要闔上時，某人用尖細的嗓音喊了一聲：

「東九！」

——來了，又一個主要人物登場。

「給我一條菸。」

——妖女，今天果然衣服又只穿半套。

穿著一眼可見深長乳溝的火辣衣服，為了買菸而來的蘭，柳煥稱她為「妖女」。每次只要蘭一上門，柳煥的眼睛就會不自覺地看向她傲人的胸部。

「快給我菸！」

——別靠過來，這妖女。冷靜，我要冷靜。

然而實際情況不如他所願，蘭彎下腰，將上身往前傾，催促他趕快把菸拿出來，柳煥眼裡只剩她那波濤洶湧的胸部，傻在一旁看得出神，蘭歪過頭開口道：

「媽呀，東九，你現在是在看哪裡？你該不會……」

——什麼！這妖女！還不是因為妳穿太少，要是在共和國，妳早就被槍斃了！

二十五歲的蘭是夜總會裡的爵士歌手，也是與這落後的村子最不相搭的人。即使奶奶常當著她的面批評她的打扮，她仍我行我素地穿著妖媚來店裡買菸。身穿可以明顯展露傲人身材的緊身華麗衣裳是她的個人招牌。

「哎唷，你發現我換髮型了對吧？真細心。」

「啊……嗯，漂、漂亮。」

可能剛從美容院出來，她一頭濃濃的洗髮精味道揮之不去地留在柳煥鼻間。看著她一手握著菸哼歌離去的身影，柳煥深深覺得除了那身打扮之外，她機智靈敏的口才也與這村子格格不入。蘭哼著歌朝巷子走去，隨後，一名郵差騎著摩托車來到店門口。

「喂，東九！奶奶在嗎？」

「不在，去市場了。」

「喔！」

摩托車引擎熄止，村子再度回到寂靜。柳煥將冰棒遞給坐到平床上的郵差，對方將亂糟糟的頭髮往後撥，問起柳煥的近況：

「最近沒什麼特別的事吧？」

「跟以前一樣。」

徐尚久，每天都會送包裹和信件到村裡的郵差，幾乎等同這村子的居民了。因為經常來送拖欠的繳費或催繳通知單，久而久之也熟知各家的情況。雖然不曉得他從何時開始負責這村子，居民們已將他視為自己人，笑顏以待。

「大叔是什麼時候下來南韓的？」

「嗯？嗯……三十二歲，今年已經是第十六年了。」

柳煥在心裡估算了一下十六年的歲月，眼前不斷搓揉冰棒包裝紙的徐尚久看上去就像一位忠厚老實的和藹父親，矮小結實的體型，稍微露出額頭，親和力十足。

「您都不想念家人嗎？不是有孩子？」

大叔舔著冰棒，不發一語。

「嗯……他們應該都過得不錯吧，黨也會好好照顧他們。」

他展現慈父般的笑容繼續說：

「我知道，你這個年紀最容易想家。」

「其實也沒有非常想，我很小就進軍營了，不怎麼會想家。只是，有一點……」

柳煥還沒說完，大叔將一個白色信封袋丟到他膝蓋上。

「看來黨答應了你執著的要求。我不管怎麼求都沒回應，果然菁英的待遇不同啊！也多虧了你，我才能得知一些消息。」

將紅色安全帽繫於腰間的大叔站起身，臉上帶著難以言明的笑容。他總是面帶微笑，或許這就是他執行任務最大的武器。

「謝謝，大叔您也收到家人的消息？」

「都是託你的福。」

柳煥急忙拿起信封袋，向正在重新戴上安全帽的大叔問道：

「怎樣？您家人還好嗎？女兒嫁人了嗎？」

「那個，去年冬天……我母親去世了。」他的聲音頗悲傷。「同志，同志你千萬不能像我這樣！一定要幹件大事再回去，你是個優秀的人才，應該不難做到吧？」

柳煥滿臉無奈地看著大叔從巷口離去的背影。

就在這時，砰地一聲，他小腿突然被踢了一腳。

「耶！超級迴旋踢！哥哥讚！」

踢柳煥小腿的是治雄，還奪走了他手上的信封袋。

「有人會寫信給笨蛋？笨蛋，來搶啊！哈哈。」

「給我，還給我，不要這樣……」柳煥對著治雄支支吾吾地說。

「你對我下跪說：『請還給我吧，大王！』，我就還給你。」

頓時柳煥不發一語，但他沒有選擇的餘地。

「請還給我吧，大王！還給我吧！」

「你這笨蛋，馬上屈服一點也不好玩！不想還你，我要把它撕爛。」

「撕掉它！撕掉它！」

弟弟成珉在一旁不斷煽風點火。

信封袋裡有著柳煥從未忘記的臉龐，他沒有辦法像以往那樣無條件地配合小鬼頭們，他迅速抓起治雄背後的書包，治雄被書包帶子勾住懸空吊掛，手腳不停掙扎。

「東、東九！」
「喂，東九！放下我哥，你這個大笨蛋！」
那可是他苦苦等待多時的消息，哪裡還有時間應付這兩個小毛頭。
「怎樣，東九你、你是在反抗嗎？還不快點放我下來！」
看著治雄不停地掙扎，成珉踹了柳煥一腳。
「放開，你這個大笨蛋！快放下我哥！」
柳煥重新調整呼吸，放鬆力氣。
「請還給我吧，大王，拜託你還給我……」
治雄見柳煥瞬間氣勢下降，趕緊把信封袋丟給他。
「給、給你不就得了！可以放我下來了吧，快！」
重新揹起書包的小鬼頭們拔腿狂奔，談話聲一路延續到巷口。
「東九你死定了！等著瞧！」
「哥，沒關係，我有幫你打他。」
兄弟倆離開後，柳煥拆開信封袋，深怕裡面的東西被弄壞，他小心翼翼地拆著得來不易的信封袋。裡面裝著一張老舊的黑白照片，照片上的女人盤著髮髻，穿著樸素的韓服。雖然照片陳舊泛黃，但透過端莊女人的眼神，柳煥可以讀到無限話語。

——母親，您可安好？

人們聽到「間諜」二字，往往便認定他們受過凡人難以想像的殘酷訓練，負責非常艱難的任務，事實上確實如此；但有時也會像現在的柳煥一樣，做些無意義的事。實際上也很少有人知道，這些看似毫無意義的任務就像在水壩上鑽一個個小洞，時間久了，說不定可以成為執行大任務的跳板。

——不論任務大小，不管哪種任務，我都會竭盡所能去達成。

太陽冉冉升起，柳煥獨自坐在家徒四壁的房間地板上，取幾張衛生紙搓成長條狀，塞進鼻孔裡不停擠弄。

「哈、哈、哈啾！」

打出噴嚏後，便完成了今日的鼻涕痕跡。柳煥今天還必須執行一項非常重要的任務，他一開始也沒料到自己要做這種事，但這次他仍須比任何人都更完美地完成。他執行著日常的任務，沉著以待時機。

柳煥一如往常地開始新的一天：聽奶奶嘮叨，為了確立村民對他的印象，再次刻意滾下樓梯。吃完早餐後，村民們按照各自的時程經過雜貨店門口。他紅著臉對尹友蘭打招呼，隨即又被尹友俊拍了後腦勺，接著跟小鬼頭打鬥一場，下午則與送包裹的徐尚久坐在平床上。吸著養樂多的大叔開口問道：

「是今天嗎？」

「嗯。」

「辛苦了，你果然與眾不同，對我來說那完全無法想像，難怪你的任務執行可以拿下平均最高分。」

「我只是忠於任務罷了。」

大叔起身準備離開。自從上次捎來消息後，他來雜貨店休息的時間越來越短。

「雲層動得很快，看來快下雨了，小心身體。」

轟隆隆！轟隆隆！唰！唰！

傍晚時分，果然被徐尚久說中，開始下雨，而且是豪雨。柳煥沒有撐傘，獨自走向巷口。晚上八點十五分下班時間，村子出入口的停車場人來人往。他暫時停在原地，耳邊傳來交談聲。兩個小毛頭撐著一把傘走來，柳煥身手敏捷地躲到牆後方。

「哥哥，你這樣會淋到雨啦！」

「傻瓜！你要是淋雨感冒的話，我才會被媽媽罵。」

「那就再撐另一把傘啊，不是還有嗎？」

「那是媽媽的。少囉嗦，趕快，媽媽快到了。喂，好好撐傘啊！」

——太好了，看來我運氣不錯。小毛頭與媽媽再次經過這裡大約是十分鐘後，看來事情會簡單許多。

任務信號傳來，柳煥深吸一口氣。

——在共和國的偉大任務前，一點羞恥心根本不算什麼。

然而，其實身為人類，他仍有那麼一點基本的自尊心。

「媽媽妳真的有買五花肉回來嗎？」

「是啊！喂，不要用跑的！你看，都淋到雨了。」

——雖然對他們來說實在很不幸，但不知天高地厚的小毛頭和嚐過人生苦澀滋味的女人，應該多少能將精神打擊降到最低。

腳步聲逐漸逼近，直覺告訴原本躲在牆後方的柳煥就是「現在」。

「啊、啊！呼，要死了！」

柳煥的第一項任務是要讓他們看見自己緊抓著屁股，卯足全力亂蹦亂跳的身影。

「喔，是東九！」

第二項任務，要讓他們的視線一直停留在自己身上。

柳煥不停地扭動身子，大聲喊道：

「怎麼辦？哎唷，怎麼辦啦！」

柳煥毫不遲疑，背對著他們在路中央脫下褲子，蹲坐在原地，使盡渾身力氣。即使沒看見那三人的表情也可想而知，未來不論發生什麼事，他們都不會對「東九是個笨蛋」抱持任何一點懷疑。

「嗯，呼，終於快活了。嘿嘿，咦？哈囉，嘿嘿，太急了，嘿嘿。」

柳煥搔著頭，為了確認小毛頭們驚訝的表情而轉回頭，然而他眼前不只有治雄、成珉、他們的媽媽，還有尹友蘭，四人錯愕不已地看著巷道中央脫下褲子隨地解便的柳煥。當他與嚇得花容失色的尹友蘭四目相交時，柳煥感覺全身一陣癱軟，眼角迅速被淚水浸濕。

——再見了……我的青春……

這次任務可以說是大成功，畢竟目擊者比預期多了一位，超出原本設定的目標。不過柳煥被意外出現的尹友蘭嚇到，身體失去平衡，一屁股坐在柏油路上也絲毫感受不到疼痛。

從北韓南下的菁英間諜元柳煥，完美執行了「在大街眾目睽睽之下大便」的任務，但因抵擋不住席捲而來的龐大落魄感，他濕了眼眶。

任務執行綱領：

每月一次以上、兩次以下，在至少一人目擊的情況下，隨地小便。

每六個月一次，在至少兩人目擊的情況下，隨地大便。

柳煥屈指可數的每日行動中，一早將雜貨店門口那條巷道清掃乾淨，算是所有工作中最重要的一件，因為可以掌握村民的動向。雜貨店奶奶每天一早用尖銳的嗓音叫醒柳煥，催他掃地，他站在那裡揮動掃把時，自然可以觀察往來的居民，感受是否有可疑的氣氛。當然，前提是不能顯露緊張的神情，所以柳煥大多是以放空呆滯的狀態在掃地。

比較重要的是隨時隨地抱持著準備好的心態，對於一位秘密極多的間諜來說，無時無刻抱持這樣的心態是必須的。隨時做好執行任務的準備、犧牲性命的準備，以及被黨遺棄的準備，三者缺一不可。

雖然昨晚完成任務後依舊下著大雨，但今日太陽升起前天空奇蹟似地放晴了。柳煥每天早上第一位會遇見的是準備去上班的尹友蘭。昨晚，在他執行那令人錯愕萬分的任務的地方，她其實只是默默經過，碰巧撞見剛轉回頭的柳煥。不同以往，過去她都會主動先喊柳煥的名字打招呼，今天她什麼也沒說，於是柳煥開口道：

「啊，嘿嘿，啊，哈囉。」

尹友蘭低著漲紅的臉，不發一語快步和他擦身而過。這是昨晚「隨地大便」任務成功的代價。掃把從柳煥手中滑落，眼淚隨即流下，接著馬上聽到尹友俊的腳步聲。

「東九你這小子！叫你不准再看我姊了！」

後腦勺被打的柳煥如同滑落在地的掃把，無力地應聲倒下。

「哎唷，喂，東九！幹嘛不起來？我打得太重了嗎？」

——打完就識相一點給我滾開！我想一個人靜一靜。

早餐餐桌上擺著三副餐具。只要是曹斗錫休假的日子，奶奶就會從早忙著多準備一份早餐。

「立正，稍息，稍息，立正！稍息，立正！小子，動作做好。」

柳煥掃完地後，終於起床的斗錫坐在平床上命令他立正稍息。穿著白汗衫與垮褲的斗錫在柳煥眼裡比較像村裡的混混，而非巡邏員警。

「東九你這臭小子，哥休假的日子不是說絕對不要叫醒我嗎，有沒有？」

「呵，但大嬸要我叫你起床吃早餐……」

斗錫眨著滿是眼屎的雙眼說：

「這小子聽不懂人話嘛！哥我啊，可是為國效力的人，所以要趁可以休息的時候多休息，知道嗎？」

二十六歲的曹斗錫是雜貨店奶奶的獨子，職業是巡邏員警。柳煥認為斗錫完全遺傳他媽媽的暴躁脾氣，每逢休假就無所事事地賴在床上打滾，不是在看電視，就是板著一張臉教訓柳煥，再不就是坐在奶奶用心備妥的一桌飯前吃飯。柳煥配合斗錫的口令，反覆做著立正與稍息，心想：這種傢伙也稱得上是為國效力的人？南韓還真鬆懈啊！

斗錫站到平床上，雙手插腰，用千篇一律的台詞喊道：

「哥是做什麼的？」

「守護正義的人民保母！」

「哥說的話是？」

「是法律！」

斗錫充分教育柳煥一番後，甚至給了他一項任務：

「那麼從現在起，開始進行我媽吩咐的白米外送任務，把米送去高爺爺家，開始！」

——那不是她要你做的事嗎？臭小子！

柳煥雖然在心裡嘀咕，但聽命的回答早已脫口而出：

「開始！」

高爺爺家座落在村子深處，必須走上一段路。柳煥揹著兩大袋米，腳步踉蹌地跟在拖著蹣跚步伐的斗錫後頭，氣喘如牛地走了十分鐘左右，眼前出現一棟外觀整潔的兩層樓住宅。

「爺爺，高爺爺！」

「這小子，誰是爺爺？叫我大叔！」

高爺爺打開大門，打了柳煥和斗錫的頭一下。

——啊，活該！

「幹、幹嘛打我，知道毆打警察會被怎麼處理嗎？」

斗錫在村裡年紀最長的高爺爺面前就像個乳臭未乾的孩子，不論穿著警服或裸身只穿內褲，高爺爺都以對待孩子般的態度待他。斗錫可能從小就習慣被高爺爺這樣管教，在他面前比較收斂，不敢耀武揚威。柳煥將背上的兩大袋米放到庭院中央的平台上。

「東九，辛苦你了，喝杯水再走吧！」

現年六十五歲的高爺爺，全名高九英，村民都叫他高爺爺。從他穿著改良韓服、雙手交叉擺在身後的模樣看來，儼然是村裡不折不扣的長輩。雖然他膝下無子，獨自生活，卻是擁有村裡最好房屋的「富豪」。因為沒有家人而空著的四間房，被他以每月十五萬韓元租人。也就是說，在高爺爺家裡，雖然不是一家人，但還住著其他四名房客。

「哥，琪峰哥你在嗎？」

斗錫敲著住在這裡第四年的三十歲漫畫家朴琪峰的房門，雖然他有正當職業，卻總穿同一套服裝。自從柳煥到這村子以來，從未見他換過衣服。

「哥，目前的狀況是……」

「我在洗澡，快好了。」

斗錫與朴琪峰很投入於這種無意義的交談。

「哎唷，東九來啦！哈囉。」

蘭從院子對面的門走出來，裸露的穿著引來高爺爺的厲聲責罵：

「我說妳啊，衣服穿得得體一點吧！」

「大叔，您又把熱水爐關了吧？洗澡洗到一半只出來冷水。」

「才九月開什麼熱水爐！洗冷水對身體好。」

「哎唷，真是的，我不喜歡洗冷水澡啊，吝嗇老頭。」

蘭雖然毫不避諱地在眾人面前頂撞高爺爺，但爺爺仍無動於衷。他不理會蘭的抱怨，朝最裡面的房門大喊：

「喂，金毛小子！在的話出來打聲招呼！」

從門裡傳出窸窸窣窣的聲音，最後門被推開。

「這是剛搬進來的金……什麼的，是個演員。互相打個招呼吧！」

高爺爺對柳煥說。只有上半身探出門外的這位人士，看來是住進高爺爺家裡的新成員。長及耳際的金黃色頭髮，一對細長的雙眼，令人印象深刻。演員，柳煥重複著高爺爺的話，凝視這位演員的雙眼，他也同樣面帶微笑地注視著柳煥，柳煥甚至沒有錯過他眼尾上揚的那瞬間。

「你好，我叫金敏秀，哈哈。還有，我不是演員，我是吉他手，哈。」

明明還是九月，天色卻早早暗了下來。當村子被黑暗籠罩，雜貨店的公事都辦完後，柳煥就窩進自己房裡，全神貫注地鍛鍊體力。奶奶從古董商那邊撿來一個衣櫃放在柳煥房間。雖然奶奶說過，有其他需要儘管說，但柳煥別無所求，早已心滿意足。因為當他獨自一人在房裡時，他不是東九，而是間諜柳煥。睡覺、吃飯、徒手鍛鍊體力，即使自己扮演的笨蛋東九體力根本派不上用場，他仍須為隨時隨地都有可能得重回元柳煥的身份做好準備。為此，片刻都不許鬆懈。

柳煥倒立身體，只靠單手做伏地挺身。外人難以想像，那個被治雄和成珉的小石子砸到後在公園沙場上翻滾的柳煥，全身都是一塊塊結實硬挺的肌肉。從宛如石膏像般無可挑剔的肌肉來看，可以想見他接受過多少訓練。單手倒立伏地挺身一百下後，他重新站起身，搖晃著充血的頭部，腦中浮現今天在高爺爺家看到的那位演員。——為什麼？難道我的任務執行上有什麼問題？還是有新任務？或者，是派來監視我的？

短時間的站立讓柳煥感受到體內的血液再次找回原本流動的途徑，流向指尖。他再次體驗到激烈訓練後的那股熟悉感。此時，柳煥發覺背後有人的動靜。

「黑龍組第三組長，李海浪！」柳煥腦中浮現門外嘴角上揚的「演員」說道。

「幸好，本來還擔心你以笨蛋角色生活太久會真的變成笨蛋，看來實力還在。好久不見了，同志。」

明月高掛在門外的李海浪頭頂，柳煥可以清晰看見映入屋內的李海浪身影，他站在門後竊笑的行徑也一覽無遺。

「我想同志你不可能只為了監視我或傳達任務而來，難道是為了自己的任務？還是我已經被黨遺棄了？」

「同志，我看你是瘋了吧？像你這樣的菁英，怎麼可能被黨遺棄。」

柳煥透過鐵門看見李海浪走近一步答道。

「怕什麼啊？太過分了吧！兩年多才見到同志，門都不幫我開一下？別這樣，先幫我開個門再說吧！」

柳煥小心翼翼地走向房門，拉緊門把，老舊生鏽的鐵門發出唧唧的摩擦聲。

「我們之間何必如此小心？」

透過打開的門縫可以看到李海浪的眼尾微微垂著。

「你好嗎，這段期間？柳煥同志。」

「李海浪……」

繼續將門拉開的是李海浪。柳煥不曉得自己是否該像李海浪一樣感到欣喜，他還摸不著頭緒，不知該如何是好。在敵國遇見同志……這究竟是任務，還是？

咻——唰！

瞬間，一把短刀頂到柳煥下巴，柳煥的身體本能地閃過，李海浪將原本握在左手的魟魚刀換到右手，在他手中游刃有餘移動著的刀刃既尖銳又閃亮。

「反應還算靈敏嘛！真開心見到你，同志。」

李海浪敏捷地揮舞著短刀，露出詭譎的笑容，與初次在高爺爺家見到柳煥時的表情相同。

「不打了，來好好寒暄一下吧！」

對柳煥來說，他早已感受不到恐懼、殘忍、悲傷等情感，反正每個人都已走在怪獸般的道路上。以五星組第一百一十七名組員的身份加入軍營的那天，金大佐將柳煥介紹為「四百二十五人中自己一路爬上來的同志」，也有說他是從咸鏡北道來的。當天，五星組組員正在對練。「九八—○○七五，元柳煥」，柳煥只簡短報上自己的官等和姓名，接著說：

「我不跟你們寒暄，反正再過一兩年，就再也不會見到彼此了吧？」

柳煥正眼也沒瞧向底下整齊排列成三條橫隊、如望夫石般直挺坐立的少年們。確實如他所言，誰也不曉得一兩年後這裡的誰要命喪黃泉。為了成為怪獸而齊聚一堂的孩子們別無選擇，只有這條活路。唯有拚命存活下來，才能抬頭挺胸大口呼吸；唯有拚命存活下來，送往家中的白米才不會斷絕。柳煥兩眼直視前方站著，腦裡只想著這些念頭，其他孩子也和柳煥想著同樣的事。然而，唯獨對練中的李海浪眼神是他難以忽略的。

「啊，小子，幹嘛這麼嚴肅？以後就託你照顧啦！同志，我是九九—○○○一，李海浪。」

他小又下垂的眼睛擠出乍看頗為善良的微笑。柳煥感到困惑，李海浪與其他孩子不同，有別於其他人是為了生存奉上一切，他卻像是出來玩耍一般輕鬆。李海浪渾身是血，與他對練的三名組員不是頭破血流，就是斷腿癱瘓在地，被血濺滿全身的李海浪則從容不迫地對柳煥微笑打招呼。這段當年與他初見面的往事仍歷歷在目。

李海浪的刀子突然朝柳煥的橫隔膜下方、肚臍上方的命門處深深刺來，柳煥瞬間側身閃躲，同時瞄準他的頸部伸出手臂，李海浪若想用刀子刺進柳煥的命門處，就必須先交出自己的脖子才行。李海浪的眼球露出下眼白，面帶微笑地朝上注視著柳煥，柳煥開口道：

「李海浪同志，整型了？」

「啥！很明顯嗎？」

「非常。」

李海浪露出狡猾的笑容，收起刀子。

「看到你還活著我真高興，同志。」

他握了握柳煥的手，這才露出真正發自內心的微笑。

「部隊第一名的實力果然不容小覷！」

從柳煥的房間打開鐵門便是頂樓陽台，兩人站在欄杆前，凝望著被黑夜吞噬的村子，互道安好。打扮成南韓青年樣貌的李海浪對柳煥來說格外陌生，李海浪將染黃的頭髮通通撩上綁成馬尾後問道：

「如何，還適應嗎？」

「只是任務，哪有什麼好或不好。同志你是自己有任務而來嗎？」
「嗯，但要先在這裡待命。」
「為何而來？你根本不需要親自執行危險的任務。」
「原來你知道……」
「我們都共事多少年了，怎可能不知道你是李武赫隊長[4]同志的兒子？」
「原來如此，哎唷，原來大家都知道啊！」
「同志既無飢寒之憂，何必從軍呢？即使從了軍，為何不好好待在軍營，要來這裡受罪？」
李海浪靠在陽台欄杆上，面帶羞怯地答道：
「真丟人，大家應該都認為我是空降的吧？哈哈。」
「你在開玩笑嗎？同志能當上組長，靠的全是實力。」
「在大共和國裡打造史上最強秘密特殊部隊這事，若我不是隊長同志的兒子，想必這輩子都不會知道。只有極少數的人才知道這組織吧！你一定不曉得，我小時候知道這事時有多興奮，畢竟我的人生無聊透頂。」

4 北韓階級體系中的第四大階級。

柳煥轉頭面向李海浪，他的表情像是在回想過去的歡樂時光，雀躍不已。李海浪拍拍屁股起身跳上欄杆，繼續說：

「那時應該是因為沒有缺少什麼，才覺得人生無趣吧！男子漢大丈夫，既然都生在這世界了，不就該貪圖爬上頂端一回嗎？打架、獲勝、攀升、創造歷史！人生不就只有這麼一次？」

柳煥與李海浪雖是同志，同時也是敵人。畢竟不踩著別人的屍體，便無法繼續往上爬。在那個生死無別的故鄉，李海浪是唯一一位會擺出怡然自得神情的同志。面對那些為了生存而奮不顧身向他挑戰的人，他彷彿眼前全是山珍海味般處之泰然。柳煥有時也會萌生擔憂，但每次只要腦海浮現李海浪的表情，便能多少得到慰藉。然而，如今透過他的表情，柳煥卻讀不出任何訊息。他就像個對未來感到迷茫的南韓憂鬱青年演員，面露不安的神情。

柳煥與李海浪的第一次競賽中，雙方都以魟魚刀一決勝負。雖然花了快半小時才找到對方的要害，但每次柳煥出擊，李海浪總能輕而易舉地躲過，柳煥同樣也躲過了許多李海浪的致命出擊。李海浪的刀子剛好停在距離柳煥大腿一掌的地方，柳煥則在李海浪的胸膛和右手臂上劃出淺而長的傷口。對練期間驚險擦過彼此揮刀的身體滲出一滴滴血潰。兩人早已心知肚明，在任一方喪命之前，這場對決永遠不會有結束的一天。

「夠了，停止！」

終止這場對決的是金大佐。雖然耳朵接收到命令，但身體的緊張感絲毫不得鬆懈。

李海浪提出抗議：「我還挺得住，同志！」

「你們倆的身體已不再屬於自己，組員沒有必要在對練中決一死戰，尤其像你們這種階級的更不必為此拚命。還有，我昨天就命令你們了，除了受訓時間之外，通通得說南韓語！表達抗議也要用南韓人的方式說。」

李海浪蠻橫地緊握刀子轉身離去。

「呿！搞什麼，真沒意思！既然開始了就該分出勝負。」

柳煥光從自尊心極強的李海浪背影就可以想像他不悅的神情。當然，柳煥也明白，要是再給他們一次對決的機會，兩人必有一亡。

「少在那裡不自量力了，快下來吧，我從這裡摔過，比想像中高啊！」柳煥對著爬上欄杆的李海浪說。

「什麼不自量力，是不知死活吧？」

「呵，同志，看來你最近疏於練習南韓語，這可是最近real紅的說法呢！」

「real又是什麼？」

「這也不知道？真是有夠落伍的！」

與柳煥會面後，李海浪獨自回家，路上他隨意揮舞著右手上的短刀，他一樣清楚記得五星組時期的柳煥以及當時的自己，就如柳煥所說，他確實不必親自來這裡。

——看來應該有一陣子得過艱困的日子了。等著瞧吧！總有一天絕對會讓同志在我面前下跪……

他拋開雜亂的心情，收起短刀，加快回家的步伐。

子時已過，月亮村角落一間矮房的老舊大門被打開。抓著褲管奪門而出的是平日喜歡欺負柳煥的治雄。

「啊，尿急，啊，晚上去廁所超恐怖的，又不能叫弟弟陪我去，太丟臉了。」

治雄與成珉住的租屋處有公廁。治雄還沒走到廁所，站在大門旁就緩緩脫下褲子。

嘩啦啦啦……治雄好不容易鬆口氣時，突然聽見啪噠一聲。

「咦？什麼聲音？」

治雄回頭望向屋頂，剛好與屋頂上的黑色人影四目相交。

砰砰砰！

「東九！東九！臭東九！快起來！是我啦，是我！再不起來你就死定了！」

躺在床上的柳煥刻意堅持一分多鐘，假裝沒聽見小鬼頭的敲門聲，他正準備就寢。

——這麼晚了還來鬧，都不用睡覺嗎？

正在回想與李海浪往事的柳煥，最後不敵鍥而不捨的小鬼頭，踢開棉被不耐地用力打開房門。

弟弟成珉像隻急著拉屎的小狗站在門前。

「東……九。」

「嘿嘿，幹嘛？我在睡覺。」

或許是看見柳煥傻呼呼的憨笑，小鬼頭顯得安心許多，他手握拳頭打向柳煥的大腿說道：

「喂，聽到我叫你就趕快出來啊，找死嗎？你快去找我哥哥，哥哥不見了啦！」

「治雄？怎麼了？」

「我聽到哥哥大喊一聲『啊！』所以跑了出去，結果他已經不見了。我和媽媽都在找他，我們拜託村裡其他人幫忙，但大家只顧著睡覺不願意出門，所以，你也來跟我一起……」

「啊，好睏！」

柳煥打了個大哈欠，用手搔了搔胸脯。小鬼頭正處於頑皮搗蛋的年紀，在這鼻屎大的村裡，「失蹤」的可能性幾乎是零。柳煥不大想插手，小鬼頭卻神情凝重，用緊握的小拳頭砰地一拳朝柳煥大腿打去。

「喂，聽我的！」

——這該丟進化糞池的死小孩……

「哎呀呀，嘿嘿，可不可以明天再找？我好想睡覺。」

小鬼頭板著一張眼淚就要噴出的臉，兩道粗黑的眉毛也彎彎垂下，他翻了翻口袋，掏出一根香腸條。

「來，這次我不用丟的直接送你，嗯？幫我找哥哥好不好？大人都說哥哥馬上就會回來，但是哥哥自從爸爸去世後就沒有和我分開過。要是有人把哥哥帶走了怎麼辦？東九你是大人呀，拜託幫幫我吧！」

看著成珉用緊握香腸條的小手擦拭淚水，柳煥默默在心中長嘆一口氣。如果不跟他出門找哥哥，這一晚會被搞得沒完沒了。

「真的要給我香腸條嗎？認真的？那我幫你找。」
「真的嗎？」
「走吧，你說最後有聽到『啊！』一聲？」
柳煥隨意套了件衣服，和小鬼頭一同走到雜貨店前，正好他們的媽媽跑了過來。
「治雄啊！阿雄！」
「媽媽！」
「成珉！不是叫你先回家裡等嗎？」
「東九說要幫我們一起找。」
「真的嗎？謝謝你，東九先生。麻煩幫我看著成珉，實在非常感謝你。」
「嘿嘿，好。」
媽媽紅著眼眶，繼續跑向村子出入口尋找，柳煥則帶著成珉回他們家。
「笨蛋，幹嘛來我家？都說哥哥不在這裡了！」
這村子裡，夜晚就連一盞像樣的路燈都沒有，柳煥用手電筒照亮他們家門口，仔細尋找有無任何線索。大門左手邊幾公尺外有一間公廁，治雄一定也和其他孩子一樣，晚上害怕獨自一人去廁所而在門外隨地解放。柳煥仔細觀察治雄留下的解放痕跡。
——髒鬼，明明旁邊就有廁所還尿在這裡，他以為自己是間諜嗎？

柳煥雖是因為抵不過弟弟的再三騷擾而來幫忙，但此時此刻卻感到一陣排山倒海而來的煩躁感。

「哥哥！你回來了嗎？」

小鬼頭推開一扇老舊的門走進去，柳煥四處張望，視線突然停在某處。

——是腳印！這硬實的地面上只留下前腳的腳印，表示是從某處跳下來的。照這角度來看，應該是從那邊。

柳煥將手電筒照向由板子縱橫交錯而成的屋頂，一定有人在那上面撞見了治雄。柳煥環顧四周，確定四下無人後，輕巧地跳上屋頂。

——這人被出來尿尿的小鬼頭發現，接著小鬼頭驚聲尖叫，他就跳下來綁架了小鬼頭嗎？

柳煥沿著推論觀察屋頂，突然發現一個白色信封袋，是某人遺落在那裡的。

——被我逮到了，小兔崽子！到底是哪個兔崽子這麼大膽，敢在我的工作區域撒野？還有，那個小鬼頭會由我親手處治，敢動他一根寒毛，就休想求我饒了你。

柳煥打開信封袋，確認內容物。

「阿雄！治雄！」

女人繞著村子大喊治雄的名字，內心滿是自責，認為是自己為了養家糊口忙到沒有照顧好兩兄弟，眼眶落下一顆顆斗大的淚珠，甚至忘了自己沒有穿鞋就赤腳跑出家門尋找失蹤的寶貝。她蹲坐在地上，邊哭邊喃喃自語：

「嗚嗚，對不起，都是媽媽不好，對不起。」

此時，幽暗漆黑的巷弄中，一道光照在她臉上。

「哪有當媽的找不到兒子就坐在地上，還不快起來！」

原來是高爺爺，他身後還有那些住在他家的房客。斗錫急忙戴上警帽抱怨了一番：

「高爺爺，從剛剛開始您就一直站在最前面，重要台詞也全被您搶去說，這種事情應該要聽我這警察的才對啊！」

蘭穿著超短熱褲，雙手交叉於胸前，站在爺爺後方。

「小傢伙到底跑去哪裡了？肌膚美人可是需要充足的睡眠。」

尹友蘭和尹友俊也一人一手拿著手電筒。

高爺爺催促著小鬼頭的媽媽：「還不快起來！」

夜已深，月亮村裡沒有幾盞街燈。村民們呼喊著小鬼頭的名字，兩人一組分頭尋找，人人手持一把手電筒。呼喊小鬼頭名字的聲音此起彼落，遠處傳來小狗的吠叫。

蘭與朴琪峰一組，找尋著治雄的身影。

「小傢伙，你在哪兒？出來姊姊就給你親一個！」

「我、我有出來！呃……沒什麼，哈哈哈。」

另一頭則是友蘭和友俊在呼喊治雄的名字：

「治雄啊，治雄！」

「幹！三更半夜到底在幹嘛？睏死我了，黃治雄這小子要是一出現，我絕對不會放過他！」

「友俊，別這樣，要是害他嚇到不敢出來怎麼辦？」

「啊，怪我囉，妳這平胸！」

「喂，你真是！」

「姊姊妳身為女人實在太單薄了，這是小學生嗎？呵呵呵。」

高爺爺則和斗錫在一起。

「爺爺，我覺得這裡有鬼，老是飄出一種氣味……」

「應該是狗屎吧，少廢話，跟我來。」

高爺爺帶著斗錫往村子下方公車開的大馬路走去，詢問附近唯一一家賣宵夜的店家老闆，確認是否有看見不尋常的事，得到的回應是沒看到任何異狀。高爺爺再度拿起手電筒，轉身邊折返村子邊思考。

——那條唯一會有車子來往的街道已經好幾個小時沒聽見車聲了，看來小傢伙應該還在村裡。

「爺爺，不如先報警……啊，拜託您聽聽我的話吧！」

高爺爺將斗錫的話當成耳邊風，走回村子出入口。

「啊，東九這傢伙放著我一個人到哪兒去了？」

成珉站在家門口啜泣。柳煥爬到較高的屋頂上，俯瞰村裡每一個角落，沒有異常之處，除了一個小鬼頭失蹤之外，就是個平和寧靜的夜晚。

——一次，只要再一次，連車子都不行駛的寂靜凌晨，只要再大喊一次就好了。這次我絕對不會錯過，絕對能立刻掌握出方位，快用那惹人厭的嗓音再大喊一次吧！

柳煥停止一切動作，靜靜地張開雙耳仔細聆聽。經過幾秒鐘的靜默，他隱約聽見尖細的說話聲，是治雄。

「不行！絕對不行！我不要！絕對不可以！」

雖然聽得不是非常清楚，但柳煥可以肯定那是小孩子的嗓音，那聲音也傳進了四處分頭尋找的村民耳裡。

——找到了！好樣的，小傢伙。

柳煥飛也似地奔向聲音來源處，月亮村裡每一家屋頂都緊密相連，奔馳在屋頂上的柳煥面露笑容地脫下上衣，因為他很有可能要做一件身為「笨蛋東九」絕不可能做到的事。要是和村民碰個正著，真實身份馬上就會曝光。

柳煥跳進某家院子，隨手抓了幾件晾在曬衣繩上的衣服便奪門而出，當他跑得越接近公廁時，治雄的說話聲也越清晰可聞。

「放開！我要走了。」

治雄與戴帽子的男子正在拉扯。

「噓，噓，治雄啊，不要這樣，先聽大叔的話……」

男子穿著邋遢，留著一臉茂密的鬍鬚，正不斷想辦法安撫執意要離開的治雄。

「治雄啊，我呢，大叔真的……」

柳煥從公廁屋頂跳下，抱走治雄。原本還在說服治雄的男子突然看見有人從屋頂跳下，嚇得摔了個四腳朝天。

「呃啊！」

柳煥一隻手抱起治雄，接著用沿途奔跑時隨意抓了的長棍，瞄準男子丟過去。

「抓到了，你這畜生，不許動！」

男子跌坐在地，抬頭望向柳煥，臉色接近慘白。

「什、什麼鬼，你是誰？這身詭異的打扮……」

原來男子不是被柳煥突然出現嚇到，而是被他一身詭異且不堪的穿著嚇到。柳煥邊跑邊換上的衣服竟是豹紋有氧舞蹈緊身褲和女人的C罩杯胸罩，再加上他為了遮住臉，還反套了黑色塑膠袋在頭上。聽完男子的話後，柳煥緩緩低頭檢視自己的穿著，擠出無比尷尬的表情。

「治雄，不，小傢伙，你可以自己回家吧？」

「你、你是誰？」

「就當我是正義塑膠人吧！」

柳煥見治雄面露不悅地上下打量他，趕緊催促治雄回家。男子又喊了一聲治雄的名字，柳煥一把抓住男子。

「站住，你這個綁架犯！」

「綁、什麼綁架犯？別胡說，你誰啊你！」

柳煥從腰間取出白色信封袋，是男子遺留在屋頂上的。

「電影票三張！男子漢大丈夫就要坦蕩蕩，這是什麼？你以為這樣對方就懂了嗎？拿出你的男子氣概，喜歡人家就直說，為什麼不敢說！」

信封袋裡是最近上映的電影票，要給治雄媽媽的。男子羞澀地泛紅了雙頰。

「對、對方可能不方便，畢竟彼此的處境……能傳達心意我已經很滿足了。」男子的聲音愈漸低落。

「真好笑。處境？你們什麼處境？你知道真正難以言喻的處境是什麼嗎？這世上有些人從一開始就被禁止、不許擁有愛慕的心情，你知道嗎？」

柳煥忿忿不平地對男子大聲訓斥，沒有拿下頭上的黑色塑膠袋。

「來，這次我就當作沒發生過。你快把這拿去，像個男人一點，鼓起勇氣跟對方告白吧！」

正當男子準備取回電影票時，柳煥又收回了手。

「等等！這不是兒童可以觀賞的電影，怎麼會有三張票？」

「那、那是因為我想讓她帶兩個孩子一起去好好看場電影……」

「喔，居然別有用心。既然現在都要告白了，只需要兩張了吧？」

「啊？」

柳煥抽走一張電影票後轉身離去。男子拿著電影票錯愕不已，一語不發地站在原地好一陣子。

高爺爺和斗錫發現走在返家路上的治雄。

「是治雄嗎？」

「看吧，果然還在村裡！」

聽見窸窣聲而聚集過去的蘭與漫畫家也將手電筒關上，治雄看見村裡大人紛紛朝自己包圍過來，滿臉疑惑地問：

「你們幹嘛？我又沒怎樣。喔，是媽媽！」

隨後跟著跑來的成珉與媽媽一看見治雄就大喊：

「治雄啊！」

「哥哥！」

女人四處奔波找孩子超過兩小時，一看到治雄就忍不住淚流滿面，成珉則踢了治雄一腳，大聲喊道：

「哥哥，你去哪裡了？不要放我一個人，嗚嗚嗚。」

驚愕不已的治雄發現媽媽和弟弟都打著赤腳，扯高嗓音說：

「咦？喂，傻瓜！為什麼要光著腳，受傷了怎麼辦？這是怎樣，怎麼媽媽也沒穿鞋？我要被你們氣死了，真是的！」

村民們低頭呵呵笑了起來。

「嚕嚕嚕，啦啦啦，得到一張電影票啦！嘿嘿。」

與此同時，柳煥拿著從男子那裡搶來的電影票，開心地沿著後巷走回家。雖然起初是因為拗不過小鬼頭的請託才心不甘情不願地出門，但後來也有意外收穫。他想將這張免費電影票送給友蘭，並決定以「花兒」來代稱她。

——如果將這個送給花兒……

「嘿嘿，這給妳。」

「哇！謝謝你，東九先生。」

——她應該就會忘記上次的大便事件了吧？今天真是走運啊！

正當他欣喜若狂地沉浸在自編自導的劇情裡，後方傳來一陣窸窣聲。

「是從這裡傳出來的啦！」

友俊發現從巷子走回家的柳煥。

「咦？東九……」

柳煥一心只想著電影票，完全忘了自己一身怪異的打扮。

「喂，你這瘋子，這是在幹嘛？」

「啊！」

邊尖叫邊用手遮住眼睛的是隨友俊之後抵達的友蘭。

——慢走，青春一號……

如同執行大便任務的那個大雨夜，柳煥再次聽見自己青春消逝的聲音。當他匆忙撿起原本的衣服穿回身上，步履蹣跚地走回家時，已經超過凌晨兩點了，有人站在屋頂陽台等他。

「咦？大叔，您怎麼會在這時間……」

「啊，你回來啦，大半夜去哪裡啊？我想見你最後一面再離開，才來找你的。」

沒有摩托車，沒有安全帽，也沒有郵件包裹，在柳煥家等他的是徐尚久。

「離開？您要去哪裡？」

「黨下了命令，叫我執行完最後的任務就可以北上。我這老頭看來已經不中用了，呵呵。」

柳煥讀到徐尚久臉上一閃而過的落寞神情。

「很、很好啊，那再過不久就可以見到家人囉？哈。」

「是啊！」

徐尚久總是笑臉迎人，這次也仍保持著笑容。

「不過最後的任務是什麼，是很危險的工作嗎？」

「我也只做過搭線的任務，還能要我做什麼危險的事呢？所以說啊，除了跟你道別之外，還有一件事想拜託你我才來的。」

「什麼事？」

「讓我看看你的槍。」

他將原本駝著的背打直，抬頭挺胸地轉頭看向柳煥。柳煥帶著徐尚久進入屋內。當時已是村民們準備起床的時間，如果被誰聽見，事情可能會一發不可收拾。

「說說看吧，到底是什麼事？」

「同志你可以什麼都不問地幫我一回嗎？我真的很需要。」

「大叔，我……」

徐尚久擺出一副不會有事的表情笑著。

「在我不知道究竟是什麼事之前，我無法幫您。」

柳煥用意志堅定的表情果斷回絕後，可以明顯看出徐尚久努力擠出笑容的臉部肌肉變得扭曲。

「我家人在逃離共和國的途中被逮捕了。原本說好在中國碰面，現在事情不如預期，明明都已準備妥當，沒想到竟然被捕……」

柳煥面無表情地凝視著徐尚久。

「所以……您現在是想離開祖國的意思嗎？」

面對柳煥彷彿語帶責備的問題，徐尚久沒有任何回應，他從襯衫口袋掏出一張泛黃的照片，與其說是照片，更像一張陳舊不堪的小紙片。照片一角已磨損殆盡，有幾處粗糙地貼著透明膠帶。徐尚久不發一語地凝視著照片，模糊不清的照片中隱約可見四個人的身影。

「這是我家人的照片，十六年前偷偷帶來的。但因為太舊，老是被磨到，現在已經看不大清楚人臉了。」

——大叔……

「一直以來，我都沒想到自己會待在這裡這麼久，母親過世也是一年後才曉得，而且還是多虧了同志你……你知道最折磨我的是什麼嗎？幾年前我就一直回想，但不管我多麼努力，還是想不起家人的臉。要是當初知道會這麼久見不到面，我會更珍惜這張照片，這是我最後悔的一件事。」

徐尚久彷彿不想被人發現他的難過，默默地揪著心，但已淚流滿面。

「在黨內……如果要救家人，唯一的辦法就是提高在共和國裡的官位並自我了結。幫幫我吧，柳煥同志！我至少要在南韓殺掉幾名高官，再與他們同歸於盡，才能留給家人一條活路吧？」

他已經呈現趴地央求的姿勢，雖然柳煥仍面無表情，但可以理解祖國對徐尚久下的命令。

——把背叛祖國的戰士留在敵國是非常危險的事，黨的命令很合理。然而這個早已放下槍枝十六年的平凡郵差，竟然會是負責暗殺的核心人物？

柳煥突然起身，徐尚久被他突如其來的舉動嚇到，抓住柳煥的褲腳頻頻哀求：

「幫我這回吧，柳煥同志！」

「三四七特殊竊報部隊徐尚久同志，出征時為上士，目前晉升兩個階級成為少尉，對吧？共和國秘密南派特殊部隊，五隊各組組員與你擁有相同的少尉階級，組長則與少佐相同階級。所以，我比同志你的階級高。」

柳煥的冰冷口吻讓徐尚久止住了眼淚，抬頭仰望。

「你這是突然在說什麼……」

「同志，我有權命令你！」

柳煥走向牆壁，將衣櫥推向一旁，裡面是一面紋路有異的壁紙，像是重新黏貼上去的。柳煥將壁紙邊緣撕起，衣櫥後方的秘密空間頓時現形。牆上有一個小門，門裡是整齊排列在牆上的十三支槍，以及實彈和必要裝備。掛在牆上的槍枝保存妥當，隨時都可以馬上使用。

徐尚久沉默不語，柳煥則像在等待徐尚久猜測自己的心思一般，緊閉雙唇凝視著他。徐尚久用眼睛一一掃過槍枝後，柳煥終於開口道：

「同志，依照偉大共和國的命令，乾淨地自我了結吧！」

EPISODE 2

鮭魚

「比起惹事生非，不如選擇這種方式，更能提高家人活命的可能性吧？」

原本還在聽柳煥說話的徐尚久，雙手緊握拳頭站起身。似乎是柳煥說的那句「提高家人活命的可能性」使他下定決心，他毫不遲疑地伸出手，拿起一支M1911手槍。

柳煥在一旁冷靜觀察他的一舉一動，從柳煥冷血的表情中看不見一絲束九的身影。徐尚久將槍口緩緩放入嘴中，雙手倒握住手槍，大拇指放於板機上。柳煥沒有阻止他，房裡靜默了好一會兒。徐尚久緊閉雙眼，雙手顫抖地扣下板機。

喀，槍枝發出子彈卡在保險栓的聲音。徐尚久緊張得渾身僵硬，再次扣下板機，但仍發出相同的聲響。柳煥從不停顫抖的徐尚久手中奪下槍枝，不知是否因為緊張感頓時退散，他四肢癱軟跌坐在地。

「同志，現在知道了吧？不是執行戰爭任務的時期，子彈當然不可能裝在裡面。況且，連要先鬆開保險栓都沒想到，這就是同志你現在的蠢樣。即使這些都備妥了，在沒有消音器的情況下，你就打算在這裡扣下板機，難道是想召集所有南韓警察把我也一起拖下水嗎？」

「同志，我……」

柳煥將槍枝歸回原位說：「同志難道還天真地以為，光在這裡採取行動就能改變同志家人的生死？想必黨也不會對沒有任何戰鬥經驗的你抱持期待。對於一個連自己扮演的角色都能搞砸的軍人，擔心家人是否太奢侈？同志你不過是個南韓懦弱無用的大叔罷了！」

徐尚久看著面不改色、語帶訓斥的柳煥，緊咬牙齒。

「同志你知道什麼？沒有妻小，哪會懂我的心情！」

憤怒、恐懼、自暴自棄又再度回到憤怒的徐尚久，緊緊抓住柳煥肩膀，柳煥輕鬆地將他的手甩開，甩了他一記響亮的耳光，接著朝他腹部、眉間、命門處依序攻擊。教訓徐尚久的柳煥就像在教訓不聽話的小孩，動作精準輕巧。

「咳！」

柳煥將徐尚久逼到牆角，緊緊掐住他的喉嚨。

「這是命令，聽好了，同志。這次報告時，我會要求由我來執行同志你的處罰。記得至死都要忠誠於共和國，即便回去被槍殺，也得為國犧牲。若有一絲不願意，我就立刻斃了你。」

比柳煥稍微矮小的徐尚久竭盡所能地想掙脫被掐住的脖子。

「好好活著！咬牙也得活著回去！那才是唯一能見到家人的方法，知道嗎？」

鮮血從鼻孔緩緩流下，徐尚久像個孩子般哽咽啜泣。

「柳煥同志……」

或許就如徐尚久所說，柳煥沒有妻小，難以體會他的心情。然而在那一刻，柳煥腦中卻也浮現一個人的臉龐，對柳煥來說，他也有著無論如何都必須活著回去的理由。柳煥轉變神情說：

「別再讓我看到你這副懦弱的樣子，趕快展現勇猛共和國戰士的姿態吧！」

「知道了……我懂你的意思了，先放了我吧！不，在這之前，你……衣服裡面穿了什麼？」

「什麼？天啊，我忘記脫了！果然還是應該馬上殺了你才對。」

「同志！」

隔天早晨，李海浪對正在掃地的柳煥高舉雙手用力揮舞。

「哎唷，同志你在清掃啊？聽說昨晚村裡不大平靜，有什麼事嗎？」

「噓！喂，你瘋了嗎？要是被聽到還得了，小心你的說話口音！」

李海浪拎著一個大背包，昨晚手持短刀的模樣早已消失得無影無蹤，反而在一頭金黃色頭髮上別了髮夾，以花美男的樣貌出現在柳煥面前。

「嗯？這是幹嘛？要去哪裡嗎？」

「吉他！今天有面試，我的角色是經常舉辦公演的實力派樂團吉他手，這樣製造不在場證明也比較容易。」

「你命真好。我呢，只能裝成村裡的傻子，從早開始跌倒又清掃。不過話說回來，你吉他彈得好嗎？」

「開玩笑，我為了扮演這個角色，過去一年拚了命地練習呢！不過是個南韓鳥樂團面試，小事一樁啦！」

柳煥從豎起大拇指、語帶輕佻的李海浪身上多少嗅得出充滿自信的味道。

過了大約四小時，原本哼著不知名歌曲朝大馬路走去的李海浪，已經被面試淘汰而歸。

「別太傷心。」

「無法置信……南韓兔崽子怎麼這麼會彈吉他？」

李海浪跨坐在溜滑梯上，不停地喃喃自語：

「主唱那個兔崽子還說我彈的吉他是國中生水準，然後他自己彈了一下，哇，確實很厲害。」

柳煥為了讓李海浪打起精神，難得用認真的表情說了一番安慰的話：

「不過是個面試，多練習幾次再去挑戰不就得了。我們是誰啊，任何事都能達成的共和國戰士不是嘛！」

「是啊！」

李海浪突然起身，從包包裡取出吉他。

「我要練到手指流血，讓南韓兔崽子瞧瞧共和國的搖滾！」

看著突然認真起來的李海浪，柳煥噗哧地笑了出來。

——母親，您身體還好嗎？請原諒不孝的兒子，只能寫這些寄不出去的信。

柳煥想起昨晚緊握著照片搥心肝的徐尚久，尤其那句「想不起家人的臉」更是言猶在耳，而徐尚久說的「要是當初知道會這麼久見不到面」又是多麼毫無意義的假設。柳煥不發一語地望著散落一地的信紙，久久地看著自己寫的寄不出去的信。

他掀開鋪在地板上的矽膠墊，數十封信整齊排列在那。柳煥還記得那些信件中他也曾寫過類似的話：「請原諒不孝的兒子，每次只能寫這些寄不出去的信。」信封之間放著一張用透明夾鏈袋密封保存的照片，是他不久前從徐尚久那裡取得的母親照片。柳煥將剛寫好的信放於其中，重新鋪好矽膠墊。

「天氣終於有點涼了，話說，你真的不是那小子嗎？」

雜貨店奶奶拿著蒼蠅拍，坐在平床上揮動著說。柳煥剛掃完地，正在搬貨物。

「不、不是啦，真的，是別人逼我穿的，真的！」

他結結巴巴地回答。最近幾天在村裡傳得沸沸揚揚的不是大半夜小孩失蹤的事，反而是柳煥穿著詭異服裝這件事。也就是找到治雄後，他穿著豹紋緊身褲與女性內衣在陰暗的巷子裡剛好被友蘭姊弟撞見的事。

「你這變態、變態傢伙！這到底是在幹嘛？」

「不，友俊……有人、有人一直打我，叫我穿的……所以我才……真的啦！相信我，拜託！」

雖然柳煥對滿臉尷尬的友蘭與為了守護姊姊而飆罵的友俊這樣解釋，但南韓人不曉得有多喜歡談論別人的是非，只要一見人就講起這事。

「雜貨店的東九小夥子啊，聽說穿著女人的內衣……」

「沒想到那個年輕人的腦袋有問題到這種地步……」

——都是友俊那個臭崽子害的！

柳煥一肚子火。身為笨蛋已經很丟臉，再加上變態根本就是恥辱。

他抱著裝著蔥和雞蛋的箱子外送時，只能難為情地接受村民們的異樣眼光。

友蘭按下訊息傳送鍵。

友俊，姊姊早上對你發脾氣實在很抱歉。晚上我會煮好大醬湯等你，一定要早點回來喔！

她想像著弟弟看到簡訊時嘟起嘴巴一副不甘願的表情，便哼地笑了一下。原來是友俊在忙碌的早晨通勤時間拖拖拉拉，友蘭對他發了脾氣，事後覺得有點愧疚，便傳了這封簡訊。

「尹小姐，稅金結算好了嗎？我說，妳現在是在幹嘛？」

髮型以二比八整齊分線的課長走到友蘭位子後方，將臉湊近問道。他那張總像個酒鬼般漲紅的臉讓友蘭無時無刻都不得鬆懈。

「課長……」

「嗯?上班時間傳私人簡訊是吧?這些人真是的，書讀得不多，起碼也要做人老實才對吧，嗯?」

「對不起，我擔心弟弟，所以……稅金都結算好了。」

課長每天都會偷看友蘭的位子好幾回，上下打量友蘭。

「好好做事，知道嗎?專心做!妳覺得公司小，所以事情就隨便做嗎?這些人真是的，人要有羞恥心啊，是吧?」

課長說著說著便把手搭到友蘭的肩膀上。友蘭忍受著課長手掌心傳來的熱度，緊咬下唇。

友俊從村裡公廁的巷道中倉皇逃出，與正在送貨的柳煥碰個正著，他彷彿被人追殺一般拚了命地狂奔。

「東九嗎?東九!太好了。你幫我跟那邊正要跑過來的小子們說我往下面去了，知道嗎?」

——該死的傢伙!

「可是我要去送貨……」

「照我說的做，臭小子！」

「喔，好。」

友俊躲到廁所後面，對柳煥比了個拳頭手勢，表示違命不從他就完蛋。話才剛說完，巷子另一頭隨即跑出三名高中生。

「呼，跟丟了嗎？看來還在這村子裡，他跑得真快。」

其中兩名學生發現抱著箱子的柳煥，問道：

「不好意思，大叔，剛剛應該有個穿制服的小子經過，你有看到嗎？」

「叫尹友俊的傢伙，你知道嗎？」

——看看這些傢伙，現在是……

柳煥在心中竊喜。都怪友俊那張大嘴巴，害柳煥必須承受村民的嘲諷譏笑與指指點點，這下可好，他正在尋找報仇的絕佳時機。現在體格健壯的高中生追逐友俊跑來月亮村，柳煥毫不遲疑地回答：

「嘿嘿，有，我有看到，他往下面去了，真的。」

他從眼角餘光可以看到緊貼牆壁後方正露出竊笑的友俊，柳煥毫不猶豫地將頭轉向友俊躲藏的那片牆問道：

「對吧，友俊？」

聽到這句話，三名高中生立刻朝柳煥觀看的方向衝去，一把抓起友俊的衣領。即使是性格頑強的友俊，在三名男學生的包圍下也只能乖乖束手就擒。高中生朝友俊一陣拳打腳踢。

——南韓小兔崽子真是吃太飽，力氣多到沒地方宣洩，打得真好啊！

「喂，你這臭小子，又想跑去哪裡，找死嗎？」

「把他拖走，幹，熱死了！」

友俊一邊眼睛已經被打到發青，正要被拖走時，身後響起了叮咚聲，原來是友俊掉了的手機。柳煥撿起手機，看見螢幕上顯示友蘭傳來的簡訊，看完簡訊後柳煥陷入兩難：想起友俊的所作所為，不禁令他恨得咬牙切齒，但若想到友蘭，又覺得不能就這樣讓友俊被帶走。馬上就要到下班時間，若是友俊被帶走，回家時友蘭親手做的大醬湯肯定都冷掉了。

——真是的，我也滿喜歡喝大醬湯的……

柳煥搔著後腦勺喊道：

「喂，小流氓們，給我停下！在那邊給我站住！」

三名男學生正拎著友俊往前走，他們一同轉身問道：

「你是在叫我們嗎？幹嘛？」

柳煥收起原本板著的臉笑著說：

「你們把他打成那樣應該夠了吧，還打算帶他去哪裡？」

「我們還有點事要解決。你跟他熟嗎？」學生們語帶不悅地說。

「也不是特別要好，但希望你們能放他走。」

「我說大叔，雖然是多虧了你我們才抓到他，但也拜託你少管閒事，趕快離開好嗎？」身材最壯碩的男生壓低嗓音說。

但柳煥就像個老師，對不聽話的學生們好言相勸：

「我還是想請你們放他一馬，可以嗎？」

「少囉嗦了，快走吧！我看你跟我們也沒差幾歲，趁我還說好話的時候快離開，喂，走吧！」

「不行嗎？真的不能放了他嗎？」

柳煥對男學生的頂撞感到極度不耐，但在友俊面前他無技可施。友俊面朝地，雙手抱著被踢了的肚子，正當他的嘴型彷彿要喊出東九的名字時，柳煥趁機迅速朝友俊的後頸敲下去，友俊砰地一聲倒地不起。原本圍在他身旁的三名高中生被這個突如其來的情景嚇得向後退。

「你、你是誰？」

「這小子昏過去了！」

「抱歉，我再拜託你們一次，放了他吧，嗯？這小子晚上還得回去喝他姊姊親手做的大醬湯。」

柳煥擦了擦頭上的汗珠，努力想說服這幾名學生。

儘管是自己說出的話，柳煥也覺得牛頭不對馬嘴。他傻傻地憨笑著，希望這些學生可以識相一點，放人離開就好。

「這瘋子，幹嘛插手跟自己不相干的事啊？幹，給我直接打！」

柳煥忍不住嘆了口氣，本來打算不驚動大家才把友俊打昏的，看來還是難以阻擋血氣方剛的男生們。其中體格壯碩的小子朝柳煥撲去，柳煥喃喃自語道：

「不行，不要，千萬不要。」

柳煥將外送的箱子抱於右胸前，一把接住向他揮來的拳頭，使勁扭轉了一下。

「呃啊！」

其餘兩人面面相覷不知如何是好，決定同時撲向柳煥，想以人數取勝；但柳煥不是省油的燈，趁機給他們點顏色瞧瞧。柳煥輕拍了幾下他們的胸脯與命門等穴道，學生便不停咳嗽向後退。

「小傢伙，大人講話要聽。笨蛋大叔說的話就不是人話嗎？」
高中生們邊咳嗽邊喊道：「你到底是誰？」
「所以啊，趁我還說好話時乖乖聽話該有多好，我勸你們現在就把他放了……」
「幹，殺了這小子！」
「呵，這些小傢伙，哥哥我還在說話呢！」
看著三名學生擺出一副要重新準備打架的架勢，柳煥又嘆了口氣。

「東九不在嗎？」
「去外送了。妳啊，少抽點菸吧！還有把胸前那兩粒給我藏好！穿那什麼衣服？」
「大嬸您也真是的！」
「最近村裡傳聞說有變態，妳這樣是引誘犯罪啊，自己多注意點！」
「傳聞？喔，變態東九嗎？哎唷，怎麼可能，都說是誤會了！他們說東九是變態，我無法想像。」
「誰說我家東九是變態？妳這女人，我是怕萬一才提醒妳。每天在那裡袒胸露乳，要是真出事也只能算妳活該！」

「哎唷，大嬸，我是蒼蠅嗎？幹嘛用蒼蠅拍打我啊！」

「從現在起，關於我的記憶通通給我消失，我的臉、我的聲音、我的一切，知道嗎？」

高中生排排跪坐在牆壁前，臉上全是明顯紅腫的痕跡。一個傢伙用衛生紙塞著流鼻血的鼻孔，柳煥的右手則仍抱著裝有青蔥和雞蛋的箱子。三人用精疲力竭的嗓音回答柳煥的問話：

「是。」

「這嗓音對嗎？知道了嗎？」

「是！」

柳煥在教訓這三個傢伙時，昏倒的友俊躺在一旁。

「然後，我說的事一定要執行，只要做完那件事，我就原諒你們。包括你們打友俊，我也會睜一隻眼閉一隻眼。」

「那個……大哥，真的非做不可嗎？我們還是成長中的少年，那個實在是……」
體格壯碩的小子眉頭深鎖地不斷偷看柳煥的臉色，柳煥刻意咧嘴笑著答道：
「一定要做！如果不做，我會想盡辦法把你們找出來，撕裂你們的屁眼。」
看著柳煥心懷不軌的微笑，跪坐在地的三人只能默默吞一口口水。
此時，巷子下方傳來輕快的高跟鞋聲。這村裡會穿高跟鞋的只有一人，柳煥推測是蘭正從巷子走上山坡。
——要是被人看到這個局面……不行！
不只是蘭，只要是村裡的人，都不能看見眼前的情況。柳煥急忙對體格壯碩的傢伙說：
「喂，你趕快用力揍我一拳！用力！」
「啊？我怎麼敢……」
「快，我不會怪你的，你不打就死定了！」
「是，抱歉了，大哥。」
男學生躡手躡腳地起身，朝柳煥的臉砰地揮了一拳。柳煥打算用最誇張的動作順勢滾下山坡，營造出不是東九毆打學生，而是被學生毆打的場面。
「嗚啊啊啊，呃啊！」

他將身體放鬆，放聲大喊。就在他不小心踩空的瞬間，眼前浮現一顆雞蛋。

「不行，要是雞蛋破了……」

出乎意料地，柳煥原本只打算輕輕跌倒，沒想到整個人翻滾跌下山坡。蘭剛好從巷道轉彎處走出來，站在他面前。

「東九？」

剎那間，時間彷彿被調慢速度，柳煥看著在空中旋轉的三十顆雞蛋，好巧不巧地摔落在不知所措的蘭胸部上，破碎的蛋液從蘭的胸部緩緩流下。

——啊，可惜了雞蛋……不行！要通通舔乾淨！

呼嚕嚕！呼嚕嚕！

「東……東九！你現在是……喂，你這變態！」

蘭驚聲尖叫，緊抓住柳煥的頭髮，結束了這不堪入目的窘境。

「阿錫，吃完早餐再走。」

「不吃了，都快遲到了。」

「我就說你幹嘛喝到那麼晚！我煮了明太魚湯，至少喝一口再走。」

斗錫將奶奶的嘮叨拋諸腦後，扣上警察制服的鈕釦，手忙腳亂地想抓出衣服的折線，不斷看錶確認時間。柳煥看著斗錫，暗自竊笑。

——很好，趕快走，快走吧，你那份明太魚湯是我的了！

斗錫發牢騷地打了一下柳煥。

「啊，要遲到了。小子，你應該叫醒我才對啊！」

——啥？這兔崽……

奶奶不曉得是不是早已知道留不住斗錫，轉身走進店裡，仍喋喋不休地說：

「咳，咳，臭小子，不吃飯怎麼做大事呢？」

雖然奶奶的絮念幾乎已經分不出是嘮叨還是喃喃自語，但她的咳嗽聲卻大到連匆忙奔出門上班的斗錫都清晰可聞。

「別咳了，就叫妳去看醫生！」

「別吵，臭小子！東九啊，來吃飯吧！」

奶奶走進廚房，將一碗白飯倒回飯鍋。桌上剩兩個飯碗，柳煥走到正以瓦斯爐滾煮的明太魚湯前，取出湯勺，準備湯碗，腦中閃過一個念頭：

——大家都是這樣生活的嗎？

沒有與家人相處過的柳煥無法理解奶奶和斗錫的關係，甚至對兒子已經那麼大了還不停操心的奶奶感到納悶。在柳煥眼裡，斗錫毫不關心奶奶的身體健康。柳煥不久前還看到奶奶因為斗錫手臂骨折，獨自躲在廚房偷偷拭淚的身影。其實斗錫的手臂沒有傷得很嚴重，他還年輕，很快就會好起來。柳煥無法理解奶奶為何流淚，他倆平日就像兩隻老虎，誰也不肯讓步。柳煥想起當時的奶奶，重新思考「一般人」的事。

——一般人的生活就是如此嗎？即使假裝漠不關心，心裡還是珍惜彼此，為對方操心。要是我也像一般人那樣長大，會這樣和我母親相處嗎？這就不得而知了。

柳煥的思考就此打住。

「今天飯也煮得挺好的。嘖，臭小子，快來吃飯吧！」

「好。」

「不過我說東九啊，你這麼喜歡明太魚湯嗎？都要滿出來了。」

——糟了，想著其他事情結果就……

吃完飯，柳煥回到房間，確認日期與時間：星期六下午兩點二十分。今天是非常重要的日子，柳煥的表情格外凝重。

過去幾天的變態事件讓東九的形象一落千丈，繼續這樣下去，恐怕會影響他執行任務，畢竟融入村民是他最大的任務。然而，柳煥不知該從何改變人們對他的反感。雖然他曾一度陷入思考，困惑究竟是「東九」還是「柳煥」想要重拾人心，但沒有思考太久，他的計畫只有一項。

——今天務必要扭轉形象。

為此，柳煥安排了一件事。他走到村子出入口，聆聽人們的交談聲，接著看見友蘭和兩個小毛頭走了過來。

「姊姊，妳真的會幫我做美術作業嗎？真的？」

「對啊，都說會幫你了。」

正如柳煥的預期，友蘭整點準時下班。他吞了一口口水。兩個小鬼頭雖然不在計畫裡，但反而是好事。友蘭看見柳煥馬上紅了臉，柳煥則以笨蛋東九的形象尷尬地向她打招呼：

「嘿嘿，啊，哈囉。」

「是東九！東九！」

反而是小鬼頭們代替友蘭接受了東九的招呼。

「姊姊，別擔心，變態東九如果欺負妳，我們會幫妳教訓他！」

——閉嘴吧，小鬼頭！

柳煥無視小鬼頭的話，將友蘭手上的黑色塑膠袋搶了過去，順便也將兩個小鬼頭的書包一併取下抱在懷裡。塑膠袋裡好像是水果，可以感受到有些重量。

「東九先生，給我吧，一個人拿很重。」

「嘿嘿，不會啦！」

「要好好拿喔，變態東九！」

小鬼頭們欣喜若狂地嘻笑喧鬧。

——她不像平常那樣接近我了，果然不能再以變態的形象繼續下去。

從大馬路轉進村子的巷口處有一片小工地，村民將這片工地當成公用停車場。因為是週末，裡面停著一輛箱型車與幾輛老舊休旅車。柳煥吞了吞口水。

——到了！現在只要傳送信號就可以了。

「秉俊，我們一定要做嗎？」

「不然怎麼辦，那怪物說我們不做就要宰了我們。」

「不如乾脆報警……」

「你這呆子，是我們有錯在先，報什麼警？」

柳煥突然指向停著車輛的方向說：「咦，那是什麼？」

友蘭與小鬼頭們被柳煥突如其來的誇張嗓音嚇到，紛紛朝柳煥手指的方向看去。即將要被銷毀的一輛白色休旅車後方冒出一個人頭，是一位臉上貼滿ＯＫ繃、眼神頑皮淘氣的學生。

友蘭與兩個小鬼頭仍不知所措地張望，柳煥試著對那位學生擺出兇狠的表情。

——再不執行你就死定了！快點！

學生剎那間被嚇到，又躲回車後。

「呿！媽媽，對不起！我們出去吧！」

接著，三名體格壯碩的學生健步如飛地從車後方跑到馬路上。

「啊！」

過於驚嚇的友蘭尖叫了一聲。男生們下身穿著豹紋緊身褲，上身赤裸地穿戴女性內衣，左顧右盼地想對齊排成一排，其實早已正對著柳煥一行人，三人都緊閉雙眼。星期六下午，村子裡連個狗叫聲都聽不見，三人在一陣沉默中搖擺臀部，抖著肩膀。其中一人可能因為緊身褲不斷夾進屁股，彆扭地露出羞愧不已的表情。

——很棒，小子們，做得太好了！

柳煥為了壓抑笑意，偷偷用力捏了自己大腿一下。欺負友俊的三名學生還跳了一段連柳煥也覺得慘不忍睹的舞蹈。

——這樣就夠了，夠了啦！喂，喂，夠了！

柳煥使了一個眼神後，學生們快速向後飛奔而去。直到柳煥轉身回過頭，友蘭與兩個小鬼頭仍驚訝得難以闔上嘴。

柳煥替奶奶跑完腿後，將雜貨店鐵門拉下，東九的一天便宣告結束。之後就是他個人的自由時間，因此，柳煥可以在房裡以「間諜柳煥」的身份生活。他拉下鐵門，和奶奶打聲招呼，上樓時還用鼻子哼著歌，彷彿接下來就要自然吹起口哨一般，充滿說不出的喜悅。他只要想到白天那三個學生不堪入目的表演洗刷了自己的冤屈，就感到欣喜萬分。他爬上頂樓，開門進房。

——心情終於舒坦多了……

他左手輕輕伸向牆壁，摸到電燈開關，卻沒有像平常那樣把燈打開。他降低呼吸聲，感覺右手邊有人的氣息。但以氣息來形容，不如說是殺氣更為貼切。他的右側太陽穴附近感受到消音器的冰冷觸感。

「別開燈。」

持槍者的聲音極為低沉果斷。

「黨派來的？」柳煥保持平穩的呼吸問道。

「元柳煥同志！」

「報上你的所屬。」

柳煥沒有等對方回應。他從一開始就不打算等待，也沒有刻意隱藏忐忑不安的心情。房裡瀰漫著一股不尋常的氛圍，持槍者也不是省油的燈，完全沒有要配合柳煥的意思，自顧自地說道：

「同志你不認為自己在執行任務上有什麼失誤或不足嗎？你難道跟南韓的蠢豬們日久生情了？還是已經忘了自己？」

「大共和國南派特殊部隊五星組組長元柳煥，世上最頂尖的秘密部隊組長。」

柳煥維持著說話的速度，緩緩將身體向左傾，打算一窺其真面目。

對方的槍口沒有跟著柳煥的身體移動，柳煥悄悄地向右轉，瞬間眼前一片漆黑，他隱約看見持槍者是一位戴棒球帽的男子，從他硬挺纖瘦的體格可以感受到一股濃濃的殺氣，眼神則微微閃爍。柳煥毫不遲疑地將額頭對向消音器，對方似乎對他突如其來的舉動感到一陣錯愕，但仍維持按兵不動的姿勢。將額頭靠向槍口的柳煥說：

「你知道你的槍口正對著誰嗎？我再給你一次機會，報上你的所屬！」

對方不發一語，持槍的力氣也絲毫沒有鬆懈，柳煥說：

「膽敢扣下……同志你必死於我手。」

持槍者的瞳孔又大又亮，幾乎可以用純潔來形容。他正在思考該採取何種行動來對付柳煥。就這樣僵持了幾秒後，男子似乎下定決心，扣於板機上的食指稍稍使了點力。槍枝上的鐵塊果然敏銳，他維持著相同的力道，就在此時，樓下傳來奶奶的呼喊聲：

「東九啊，東九！睡著了嗎？明天的貨很早就會送來，記得要早起啊，睡了嗎？」

——奶奶……

「小子，真睡啦？不是才剛上去，這麼快就睡了？」

男子與柳煥定格幾秒鐘後，再度傳來奶奶的喃喃自語：

「看來是睡了，咳咳！哎唷唷……」

樓下的鐵門唧地一聲被打開又關上，最後是一陣止不住的咳嗽聲，四周再度回到一片寂靜。

男子向前幾步，將原本站在房門附近的柳煥推進屋內。柳煥乖乖地照著槍口指示的方向一步步緩緩後退。

「向後，再向後。」

現在男子已經站到背對房門的地方。

「看看你，開始擔心那位南韓女人了吧？怎麼突然變乖了？」

男子小心翼翼地踩著步伐退到門外，持槍留下最後一句話：

「同志，別忘了你的存在，家人、戰友和共和國的名譽都操之在你手中。」

男子出了門，放下槍準備轉身離去時，又回頭看了柳煥一眼說：

「別讓我們失望，組長同志！」

透過鐵門的縫隙，已經看不到男子的身影，柳煥迅速打開房門試圖追上男子，但對方已經從頂樓欄杆跳到鄰居頂樓。柳煥跟隨男子一躍而下，耳邊再度響起男子留下的那句「別讓我們失望」。

——搞什麼？不是要來殺我，難道是要來警告我？雖然不無可能，但為何要來警告我？看來得抓住他問個清楚。

赤腳追逐男子的柳煥與遊走在屋頂上的男子之間的距離越來越大。若底下巷子有人看見這幅景觀，絕對會形容男子是用飛的，動作迅速敏捷。追逐男子十多分鐘後，柳煥驚險地站在石板屋頂邊緣，差點失去平衡。他調整呼吸從屋頂探頭看，但已追不上那位神秘男子了。

巷口處傳來醉意濃厚的嗓音，晚歸的蘭一路酒氣沖天地唱著歌。

「啊，喝太醉了，奔馳在荒野上的亞利桑那州牛仔！啊，果然是名曲。咦？喂，變態東九！你在搞什麼？」

凌晨時分，蘭的呼喊聲大到足以吵醒村裡所有居民，柳煥一陣錯愕。

「你又要做什麼？大半夜四處翻牆，這傢伙，小心被我揍喔！」

「啊，我想抓灶、灶馬蟋蟀，嘿嘿。」柳煥搔著後腦勺傻笑著說。

蘭大聲尖叫道：「什麼鬼灶馬蟋蟀，給我下來！你今天死定了。」

徐尚久坐在書桌前深情地凝望一張泛黃的老照片，老舊書櫃中破舊的書籍不斷散發出陣陣霉味，桌上擺著一支原子筆和幾張白紙。長時間凝視舊照的徐尚久終於握起筆，在白紙上寫下一串內容。

正當徐尚久在寫信時，電梯停靠到公寓一樓。夜幕低垂，走廊不見半個人影。電梯關上門，緩緩離開地面而上，幾秒鐘後，電梯在八樓亮起紅燈，徐尚久住的地方正位於這個樓層。電梯門打開，一位戴棒球帽的精瘦男子環顧四周後走出來。

「很好，跑啊，跑！再快一點！荒野上的馬兒只有這種程度嗎？快跑！牛仔啊，牛仔……」

蘭不斷唱著無人知曉的歌曲，柳煥則依著蘭哼唱的旋律在溜滑梯上上下下，這已經是蘭抓著原本站在屋頂上的柳煥到小公園後一小時左右的事了。她提的塑膠袋裡裝著罐裝啤酒和小菜，蘭坐在村子小公園裡打開啤酒，一邊不停地唱歌，一邊大口將啤酒灌下肚。柳煥直到蘭哼唱的歌曲結束前，一直以頭下腳上的姿勢溜滑梯。

——瘋女人，喝完酒幹嘛來找我麻煩。

月黑風高的夜晚，當柳煥上下來回多趟都要汗流浹背時，蘭的歌聲停止了。柳煥探頭往下看，發現蘭從溜滑梯的樓梯上摔下，在沙場裡跌了個狗吃屎。可能她也察覺到自己的糗態，蘭的笑聲持續了好長一段時間。

「啊，我要再去買幾瓶酒回來！這村裡怎麼沒有一家便利商店呢？」

「嘿嘿，少喝點，喝多會生病的，快回家吧！」

「吵死了，你這傻瓜懂什麼！你懂人生嗎？呿，什麼都不知道的傢伙，嗝，我告訴你，人生就是啊，不會讓你一帆風順的。」

吵死了，嗝，明明什麼都不知道，嗝，人生就是啊，嗝……如同打著拍子一般，蘭不停地打嗝。

「東九你可好了，傻瓜應該沒什麼擔心或煩惱的事吧？也不用故作堅強。」

——呼，要是真能那樣該有多好！

「啊！很好，既然都醉了，現在開始交換秘密時間！」

蘭原本還像個做錯事的小學生，無力地垂著肩膀，不停打嗝，突然卻大聲喊道。她徹底醉了，明明沒人和她講話，她仍自問自答地說：

「哎，好吧，我叫蘭，本名許怡蘭。二十五歲，家境很好，父母親都是老師。」

打嗝聲彷彿成了逗點，按著固定的節拍穿插在一句句話語間，柳煥默默地皺了皺眉頭。溜滑梯的階梯下彷彿有觀眾一般，蘭雙眼無神地直視著前方傻笑。

「我呢，有個十八歲時生下的孩子。賓果！未婚生子！但……我有七年沒見到她了，父母把她送人了，嘿嘿。」

柳煥不曉得該如何回應。

「來，現在換你了。」

蘭坐在階梯上，眼皮越來越沉，頭靠向欄杆砰地輕輕一聲，直接倒頭就睡，睡姿醜態展露無遺，臉上的濃妝早已脫落暈開，看起來像哭過。柳煥端詳著酒醉沉睡的她。

——原來如此。畢竟不是什麼重要人物，以前只知道她的基本資料。

雖然柳煥試著等蘭醒來，但等到的只有不斷發出的鼾聲。他伸展了一下僵硬的身體，輕鬆地吐口氣，以若有似無的聲音說：

「方東九，二十四歲。不，元柳煥，我是間諜。」

* * *

村子重回寧靜，老舊公寓的電梯從八樓、七樓、六樓……抵達地下一樓，戴棒球帽的精瘦男子從電梯裡走出來，臉上沾著血跡。

* * *

蘭比想像中重很多。柳煥撿起蘭四處亂丟的啤酒罐，丟進垃圾桶，再把蘭揹起來。他無法在凌晨放酒醉的蘭獨自一人在小公園裡不管。柳煥站在高爺爺家門前猶豫著該不該按門鈴，最後直接把蘭放在大門口。渾然不知自己被丟在地上的蘭依然打鼾昏睡著。

柳煥看著將臉緊貼大門熟睡的蘭，自言自語道：

「呼，這樣應該可以吧？啊，算了，不關我的事了。」

正轉身準備離去時，他聽見海浪的聲音：

「哎唷，這是怎麼回事？哎呀，喝掛了嗎？」

李海浪站在二樓欄杆處，看著柳煥揹著蘭爬上坡的身影。

「我聽到聲音。你知道我們即使睡了耳朵還是很靈的。辛苦了，同志。」

他笑瞇瞇地打開大門走出來。

「哎呀，這女人，完全成了一具屍體啊！」

柳煥趕緊對海浪比出要他小聲一點的手勢。

「噓！小心隔牆有耳。」

「什麼，屍體會聽到嗎？現在都幾點了，大家早睡了。」

「剛好我有事找你。兩小時前有人來找我，似乎是黨派來的，你有聽說什麼嗎？」

「黨派來的？是嗎，我沒聽到任何消息，怎麼了？被你幹掉了？」

「沒有，感覺是來警告我的。」

「這不稀奇。上頭那幾個人每天都提心吊膽，不信任我們，就像離開故鄉的鮭魚一樣令他們不安。」

「鮭魚？」

海浪蹲坐在大門前。

「啊，同志你不知道啊？我也是在家裡不小心聽到的。總之上面那幾個啊，都稱我們這種革命戰士為『鮭魚』。就像回到故鄉產卵的鮭魚那樣，希望我們幹件大事再回去吧！」

鮭魚，柳煥在心裡默念。

「原來是這樣。也不是什麼壞名字，挺有趣的。」

「是嗎？同志你覺得不錯嗎？也是，不惜性命逆流而上這點確實挺像的。」

海浪大笑幾聲，攤平躺在大門前的蘭翻了翻身，彷彿腸胃不適，面露痛苦的神情，她抱向蹲坐在地的海浪。

「哈，隨她去吧！喝醉都會變成這副德性，同志你沒喝過酒所以不曉得吧？這沒什麼，我看這女子長得挺漂亮的，不會不舒服，哈。」

海浪話還沒說完，蘭便作勢要吐。當柳煥嚇得往後退時，蘭已經把海浪上身全吐滿先前吃的小菜。

「哈，我先走囉！」

「你這沒心肝的傢伙！好啊，走吧，快走！」

說完，海浪突然又叫住轉身而去的柳煥：

「對了，柳煥同志，你知道嗎？鮭魚啊，即使拚了命活下來回到故鄉，但只要產完卵就會……」

柳煥轉頭看向海浪。

「死掉。」

海浪露出自嘲式的微笑。

「仔細想想吧！為什麼上頭會這樣稱呼我們，你就知道答案。」

「同志，我們不都早有這個心理準備了嗎？只要黨好好照顧我母親，不過是一條性命，我隨時都願意奉陪，你快回去睡吧！」

柳煥直接轉移腳步往自家的方向邁進。海浪看著柳煥將手高舉揮手示意的背影，心想：同志你就是這個問題啊！

「噁，竟然全吐在我身上，好噁心！他就真的頭也不回地走掉？通常這種情況應該要陪我一起收拾不是嗎？哈哈！Real尷尬，這屍體該怎麼處理才好？」

柳煥走回家的步伐非常沉重，掛念著沒能拆穿那位陌生男子的真面目而悶悶不樂，他再次仔細回想當時男子的話：

「別忘了你的存在，別讓我們失望，組長同志。」

——組長同志……他叫我組長同志……

柳煥突然停下腳步，專注在對方稱他為「組長同志」這件事上，他瞬間想起過去也有人這麼稱呼他，嗓音與音調如出一轍。

「組長同志，我絕對會活下來，一定會，麻煩您帶我進入五星組。」

迫切的嗓音如實地呈現他心中的懇切意念，當時那位男子只是個十四歲的少年。十四歲，最年少的組員。兩年前那小子如今又出現了。

——完全沒想到！原來兩年如此漫長？

柳煥沉浸在自己的思緒中，要重新想起兩年前見到的少年其實不用花太多時間。

——不過，為什麼那麼年輕的同志要來這裡？

柳煥理不出頭緒，只好不斷往前走。某人隱身在巷子後方，正觀察著柳煥的一舉一動。就是那位男子，柳煥記憶中那位十四歲最年少的組員。他從徐尚久的公寓逃跑，躲進柳煥的村子裡注視著他。以幾條碎布捆綁的左手滴著一滴滴鮮血，體力耗盡，他只能留在原地，沒有繼續尾隨柳煥。他獨自一人茫然地站著說：

「實在變太多了，組長……」

「你在說什麼呢，同志！」

男子後方突然傳來柳煥的聲音，嚇得他迅速轉身向後看，柳煥就站在幾公尺前。

「組、組長同志！」

「小聲一點！這裡可是住了很多人。」

「組長，怎麼會……」

「你難道不知道不可以帶著血腥味到處遊蕩嗎？我住這村子兩年了，當然熟悉每一條街道，要逮到散發血腥味的傢伙輕而易舉。」

柳煥走到男子一公尺前，負傷的男子轉換成隨時可以逃跑的姿勢。

「啊，沒關係，別跑，我沒有要抓你的意思。而且只要你決心認真逃，我也追不上。我只想問你一個問題。」

男子等待柳煥開口說下一句。

「五星組第十四預備組組員李海真，長大了嘛！你來這裡做什麼？」

「呃……組長……」

男子被柳煥這句話嚇得目瞪口呆，他萬萬沒有想到柳煥會記得自己的名字。與此同時，男子的眼神變得緩和許多，隱約可見柳煥記憶中十四歲少年的純真表情，甚至還有可能被誤認為很高興見到他一般。男子的神情瞬間放鬆，但仍沒說一句話。

「回答我。」

柳煥冷靜地催促他。男子彷彿要說些什麼，嘴巴微張的瞬間又搭著牆壁跳上去，踩著石板屋頂很快便消失在柳煥的視線內。柳煥雖然本能地準備展開追逐，但他刻意抑制衝動留在原地。他有預感，總有一天會再碰面。

「這小子真是……為何不說完再走？」

男子逃走後內心難掩激動。

——組長同志……組長同志竟然知道我是誰。組長同志還記得我！

隔天下午四點，柳煥坐在平床上，張大嘴打了個深深的哈欠。村子一如往常地寂靜，距離下班還有一段時間，柳煥想著海真的事。

「那個小同志該不會也要留在這裡吧？嗯，不會的，都聚集在同一處反而危險。」

雜貨店奶奶打斷柳煥的思考：

「東九，這個要送去高爺爺家。小心啊，別再打翻雞蛋了。」

「好，嘿嘿。」

村裡的巷子彷彿什麼事都沒有發生過一般平和閑靜。此時，柳煥看見剛下課的友俊走在回家的路上。他先前被同年級的學生毆打，士氣低落了好一陣子，今天身旁反而多了一個朋友。友俊看見柳煥喊道：

「東九，遇見你太好了！哈哈，過來！」

友俊笑到合不攏嘴，看來今天應該有什麼開心事。

「這傢伙叫東九，是我們村裡的小嘍囉。」

友俊抓住身後的朋友，先介紹柳煥給他認識，再向柳煥介紹那位朋友。

「這小子從今以後就是我的小跟班！今天轉學來的，眼光挺不錯，百般哀求說一定要聽命於我。」

友俊得意洋洋地介紹的那位朋友正是海真。柳煥面對宛如望族出身的小兒子、一身校服打扮的海真，瞬間失去了話語，努力壓抑心頭湧上的吶喊。

——黨到底在想什麼……

海真表現出像面對陌生人的羞澀模樣，用恭敬的口吻和柳煥打招呼：

「您、您好。」

——喔！為什麼要臉紅？

柳煥沒有錯過海真面紅耳赤、不知該如何是好的表情。

——這下可要頭疼了……

「啊哈哈哈，走吧！」

友俊非常自豪地帶著海真走進村裡。海真偷瞄柳煥一眼，隨即跟在友俊後頭走去。柳煥看著穿著校服的兩人背影，默默地嚥下一口口水。海真回頭再看柳煥一眼，夜晚充滿殺氣的兇狠眼神早已消失殆盡，他對柳煥擠出靦腆的一笑，彷彿在外流浪許久的弟子突然與尊敬的師父重逢，在師父面前羞澀地渴求學習之路一般。柳煥被海真突如其來的友好態度嚇出一身冷汗。

——那小子在搞什麼，幹嘛笑啊？究竟怎麼一回事……

跑完外送後，柳煥坐在雜貨店前的平床上陷入一陣思考。他唯一可以確定的是海真不是來殺他的，但這不足以解除他心中的疑惑。

——難道這村子是很重要的地方？雖然不無可能，但有必要派三位一級間諜來嗎？徐尚久就快騎摩托車抵達，或許他會知道一些事也說不定。就在這時，一台紅色摩托車朝柳煥騎來，但它直接經過雜貨店前就朝著巷子後方行駛而去。騎著紅色摩托車、頭戴郵局安全帽的人右臉頰中央有一顆俗氣的黑痣，是一位陌生中年男子。

海真在友俊家打完電動，從月亮村下坡的巷子一步步走下山，看樣子他一整天視察了整個村落。他端正地穿著校服，揹著書包，任誰看都像個不折不扣的高中生。海真停下腳步，等待著動靜。可能因為是晚餐時間，村民都在家裡吃飯，街上沒有其他人。海真先開口道：

「有什麼事嗎？別躲了，直接出來說吧！」

海真右側的巷子裡傳出笑聲，是柳煥。

「哈，這麼晚才回家啊，和那傢伙變成好朋友了嗎？我勸你不要跟他走得太近，那傢伙習慣很差，你的後腦勺會遭殃的。」

「組長您原本就是如此多話的人嗎？別拐彎抹角了，有話直說，您是不是想問徐尚久同志的事？」

柳煥早上問了那位陌生郵差有關徐尚久的行蹤。

「啊，尚久哥啊，他大前天離職的。從今以後這村子就是我負責了，未來還請多多關照啊！」

自從海真出現後，徐尚久便消失了。該找誰來問個清楚，柳煥自然心裡有數。

「果然是你殺的吧？說！」

柳煥想要聽到明確的回答，毫不避諱地開門見山問道。然而海真卻像個泥鰍滑溜地閃開了這個問題。

「組長，那位同志很重要嗎？黨命令我來代替他的任務，其他事毫無意義。」

「我在問人是你殺的嗎？回答我！」

海真沒有直接回答，反而看了看自己被繃帶纏繞的手。

「他有試著用刀自我了結。雖然他的死活與我無關，但黨下令務必要將他活抓回去，我只好用武力鎮壓他。他現在應該已經在往祖國的路上了，即使死也應該會死在那兒吧！」

柳煥想起前幾天徐尚久的話，拜託柳煥賜他一支槍以換回家人的活路，柳煥只有冷冷地要他自我了結。現在等於是海真救了原本打算自我了結的徐尚久，並將他送回祖國。

「你必須保證沒有一絲謊言。」

「我沒有必要為那人說謊。」

「萬一徐同志……」

萬一徐同志遭遇什麼不幸……那瞬間，就連柳煥自己也不曉得接下來要說什麼。他覺得是自己的話讓徐尚久試圖輕生，但他不明白自己為何心情如此低落，此時，前方傳來豪邁的說話聲：

「啊，都說我送妳了！」

這聲音他第一次聽到，接著傳來柳煥再也熟悉不過的嗓音：

「現在不必了，課長。」

原來是友蘭和那位喜歡佔她便宜的課長。

「啊，是我叫尹小姐加班的，我感到很抱歉。就說我送妳到家門口，幹嘛一直推托？有人會吃掉妳嗎？」

豪邁的嗓音聽起來語帶強迫要對方接受。

「這村子的路還真難走，到底要走多久啊！」

友蘭的嗓音愈漸支吾：

「那、那個，到這裡就好……」

「啊？尹小姐妳也知道，我這人啊，出身名門H大學，今年搬進瑞草洞五十坪的電梯公寓，女兒明年就要入學了，即使沒有媽媽，我也想讓她進個好學校，嗯？」

課長自顧自地肆意妄為，但柳煥的當務之急是不能讓其他人發現他和海真共處，他將站得直挺挺的海真拉進巷子，躲到電線桿後面，藏住兩人的身影。

「尹小姐，妳想不想辭掉辛苦的工作在家享清福呢？我太太已經去世三年了，呵呵呵，真是的。我也會負責尹小姐的弟弟到大學畢業，如何？我才剛滿四十，還是一尾活龍呢！仔細想想嘛，嗯？」

課長的說話方式十分油條。

「課長，您不要這樣，小心我大喊喔！」

「尹小姐！天啊，妳把我當什麼了？不想要工作了嗎？要是被公司開除，妳以為妳還去得了其他公司嗎？」

課長的態度瞬間轉為恐嚇，柳煥對海真小聲嘀咕道：

「不行，看來你得去幫忙，我會被認出來，沒辦法。」

「為什麼我要去幫一個不認識的南韓女子？」

「那女的是友俊姊姊，幫助她能獲得他們的信任，沒什麼不好。」

「但我的角色是個內向的小跟班，而且我也不想幫忙。」

「少廢話，叫你做就做！要是事情鬧大，對你我都沒有好處。」

「如果您執意要我幫忙，我有個條件。」

「條件？什麼條件？」

「我的條件是……從今天開始，組長您和我要變得非常親暱，麻煩以這樣的角色設定繼續進行下去！以後見面可以握手……或者熱絡地……摸摸我的頭……要是走這樣的設定，看起來說不定會更自然……稱、稱呼也可以更親暱一點……」

——哎唷！幹嘛還把手乖乖交叉在身前？

柳煥努力克制內心的煩躁，隨意答道：

「這是什麼鬼條件？我知道了，快去幫她吧！」

「好，只要神不知鬼不覺地幹掉他就可以了嗎？」

柳煥低頭深深嘆一口氣說：

「不是，只要嚇嚇他就好。」

在那期間，友蘭努力想擺脫千方百計糾纏她的課長，快步走上山坡，走在課長前面，眼看就要抵達自家附近。
「喂！尹小姐！站住！妳是在幹嘛？我有對妳怎樣嗎，嗯？站住啊，尹小姐！」
課長汗流浹背地緊追在後，抓住友蘭的手腕。
「搞什麼啊！妳這人是怎樣？我很認真地在跟妳談，何必這樣呢？我除了有個孩子，哪一點配不上妳，嗯？」
「請您放手。」
友蘭試著甩開課長的手，但他卻將身體更貼近她。
「人要知道分寸！怎麼這麼不聰明，嗯？」
海真尋找著教訓男子的好時機。此時，站在大門前等待友蘭的友俊大聲喊道：
「喂，醜八怪，妳在那裡幹嘛啊？搞什麼，我想說妳一直沒回來，結果出來一看，這是在幹嘛？」
友俊搔著肚皮，皺皺眉頭。課長迅速放開原本緊抓住友蘭手腕的手。
「是、是弟弟嗎？哈，是尹小姐的弟弟吧？我啊，我是你姊的公司主管。果然跟我聽聞的一樣，你看起來很聰明，哈哈哈。」
面對課長刻意做出的豪邁笑聲，友蘭和友俊都不予回應。友俊甚至表情兇惡地上下打量了課長一番。

「你聽錯囉，我是個傻子！誰跟你聰明啊！」
「真是的，是個直率的少年啊！我說，我們可能有點誤會……」
「不過，就連我這傻子也看得出來情況有點怪，對吧，姊？」
「友俊，我們進去吧！」
「真是的，我還以為妳這個醜八怪不會碰上這種事。」
友俊用力抓了抓臀部，闊步走向課長。
「啊，大人在講話，不、不要過來，你這沒大沒小的傢伙！只要我一句話，你姊姊明天就不能上班了，知道嗎？你這傢伙膽敢對我睜大眼睛說話，沒禮貌，嗯？」
課長刻意壓低痰音大聲喝斥，還沒說完，友俊就抬起腳猛力踹了課長的鮪魚肚一下。
「哎呀，這小子，喂！你有沒有在聽我說話？」
課長以難堪的姿勢摔倒在地。
「阿俊！不要這樣！」
友蘭急忙勸架，但友俊似乎怒火中燒。
「姊，妳閉嘴！」
友俊抓起倒地不起翻滾掙扎中的課長衣領。

「你要開除我姊？那又怎樣，你這個無恥的糟老頭！」

友俊睜大眼睛俯瞰對方的姿態，多少帶著點侵略性。

「你、你，要是你姊被公司炒了，沒有父母的你們還活得下去嗎？」

友俊緊咬牙齒，好一陣子沒有說話，似乎是在努力壓抑心中的怒火，他抓住課長衣領的手也緩緩鬆開。

「我姊要是不能賺錢，我來賺錢養她就好！幹，我們是孤兒跟你有什麼關係，你敢再出現在我面前，小心死在我手裡！你這死明太魚頭！」

海真看著這一切，明白自己已經錯過介入的最佳時機。而課長就連最後的面子也沒保住，默默地拍了拍衣服，步伐不穩地走下山坡，還不斷回頭張望，確認友俊沒有追上來。

海真從巷子後方繞下去，向柳煥說明剛才的情形。

「是嗎？友俊那小子真的那麼做？太棒了。」

「太棒？這下問題不是更大了嗎？那女的會被公司開除！不如就讓我默默地將他埋到山裡……」

柳煥雙手交叉在胸前，歪了歪頭，轉動著眼珠。

「你有手機吧？有相機功能嗎？」

「有，我看南韓的手機都有相機功能。」

「很好，我們走吧！」

海真一時沒有讀懂柳煥臉上的微笑究竟帶著何種含意。

不顧課長往山下離去，友俊在回家的途中責備著友蘭：

「傻子，在那種人渣底下還能做事！」

「不要再說啦，話說回來，我們接下來該怎麼辦？如果我真的被公司開除就完了。」

「我來工作就好啦！」

「你要做什麼？小不點的。」

「我可是比姊姊妳個頭大好嗎？不過我怎麼想都無法理解啊，那死明太魚頭怎麼會喜歡妳這種飛機場？」

「喂！」

轉眼間，友俊已經回到平常調皮的樣子，友蘭看著友俊像個懶骨頭般拖著步伐走路，莞爾一笑說：

「阿俊，謝謝你。」

友俊與友蘭打開巷子盡頭的家門，兩人進去後，村子再度陷入一片寧靜。

「來，要拍囉！請看正面，不看正面會被我打喔！」

同一時間，小公園裡正展開一番有趣的戲碼。被友俊追打後急忙逃離村子的課長被柳煥逮個正著，柳煥將豹紋緊身褲和白色胸罩套到課長身上。課長穿上緊身褲後，原本卑鄙的樣貌變得滑稽許多，他雙手被捆綁在溜滑梯的階梯上，以羞恥的穿著擺著姿勢拍照。

「很好，再一張！」

柳煥在溜滑梯下方開心地拍照。

「如果今天的事情造成什麼問題，我就把這些照片散布出去，知道了嗎？」

——組長同志……雖然早就知道，但今天更加確認，不愧是個狠角色。

海真笑嘻嘻地看著一副在哄騙小孩般威脅課長的柳煥。

「搖啊搖！再來！再激烈一點！很好！」

難得艷陽高照，柳煥依舊認真地勤跑雜貨店零零散散的外送，完成奶奶吩咐的雜事。其中一項是洗棉被。明明是交給柳煥做的事，真正在紅色塑膠盆裡踩棉被的卻是拉起校服褲管的海真。柳煥家屋頂上聚集著海真與海浪。

「喂，算了啦！你幹嘛幫他做啊？」

海真面無表情地噴著水，認真地踩棉被。

「不行，我無法看組長做這種事。」

「少來！當初舉槍威脅我的人是誰？」柳煥哼地笑了一下反駁道。

「那是我必須執行的任務。不過組長，雖然這也是您的任務，但真的太不像話了，那老太婆膽敢吩咐組長幹這種活！總有一天我要默默地把她幹掉才行。」

穿著校服的海真實際上也是高中生的年紀，無論受過多麼苦不堪言的訓練，仍有孩子純真的一面。然而每當海真一開口，卻總會說出與清純外表大落差的慘忍用語。坐在欄杆上的海浪終於聽不下去了。

「你看看那小子，聽聽他說的話，怎麼會這麼不經大腦？這就是為什麼不能給年輕小夥子任務啊！我在上頭的時候就堅決反對，結果他還是硬拗著要來。」

「我沒有硬拗，我只是被選來代替徐尚久同志而已。雖然兩位組長在戰鬥與執行任務上的能力非常傑出，但都缺乏溝通能力。我來這裡的目的正是要做兩位組長與黨之間的橋樑並管制。」

聽完海真的話，柳煥冷冷地說了一句：

「你少不自量力了。區區一名組員，竟想管制兩名組長？你沒有那個資格。」

海真眼睛眨也沒眨地答道：「我有。」

柳煥憤而起身，向海浪問道：

「啥？那小子在說什麼？」

「哎，真頭疼。是啊，事情變成這樣了。」

海浪一副懶得說明的樣子，只用一句「事情變成這樣了」含糊帶過。海真依然踩著塑膠盆裡的棉被。

「七個月前，我已登上原本空著的五星組組長之位，成為第四大組長。當然，您仍享有組長的優待，但我們三人是同階級。」

柳煥感到莫名其妙，海真不過是個十七歲的少年。對於記得他當初只是個十四歲孩子的柳煥來說，海真在他眼裡更是個孩子。

「這像話嗎？區區一個十七歲的孩子就當上組長？而且還是從組長競賽中……」

柳煥看著海浪問道。雖然訓練本身確實很苦，但領導五星組的組長大位必須交由能忍受極高境界之苦的人來擔任，並非實力堅強便能獲得。海浪聳聳肩，與海真在組長競賽中對決的正是他。

「就是說啊，最後他還是撐過我這關了。」

柳煥打算進一步單獨詢問海浪整件事的來龍去脈，他不認為以海真的經驗、年齡、體格、實力足以與海浪抗衡。聽著兩人交談的海真，突然高舉水管至頭頂，將自己全身淋濕。

「他又在搞什麼……」

透過被水淋濕緊貼於身的白襯衫，可以看見海真精瘦結實的身材。再仔細看，可以發現一個個巴掌大的傷口遍布全身。從那些傷口的狀態看來，不難推測傷口癒合前有多慘不忍睹。海真彷彿聽到柳煥的心底話，主動開口說：

「這些全是李海浪組長親自下手的，用他那把刀在我身上不知捅出多少個洞，真是差點要了我的命。」

柳煥回頭直視海浪。

「幹嘛看我？以那種身體撐下來的傢伙才是瘋子吧！我可是做得很徹底。」

棉被早已洗好，柳煥抓住棉被，旋轉擰乾，問道：

「最近上頭有什麼事嗎？怎麼突然派兩個人過來？雖說過去兩年從沒接到黨的命令跟消息，反倒讓我覺得奇怪。」

「喔，您不曉得嗎？」

海真驚訝地看著海浪問道：

「您沒說嗎？海浪兄。」

海浪雙手交叉在胸前，靠著牆，不疾不徐地答道：

「我對那些沒興趣，渾身不舒服才來的！只有我們幾個在的時候別那樣稱呼我。」

準備將擰乾水氣的被子攤晾在曬衣繩上的海真說：

「最近有些問題，北南氣氛有些緊繃。在接到命令之前，南韓的所有作戰都暫時中止。」

「你說什麼？」

柳煥初次聽到這件事。

「反正組長您的任務也不適用，日常的情報蒐集不會有大問題。」

海浪補充道：「你怎麼說得那麼複雜？簡單講就是在命令下達之前，每個人都別抱非分之想，彼此互相監視，好自為之吧！」

三人間圍繞起一陣沉默，打破沉默的是海浪的抱怨：

「沒有工作支援金，該怎麼活下去啊？」

「所以我已經找好打工了。」海真說道。

柳煥因為海浪的話而想到自己藏在房間角落的那罐錢筒。明明沒有人問，他卻支支吾吾地說：

「我、我沒錢！」

「誰說你有錢了？」

匡啷！匡啷啷，匡噹噹！

此時，樓下傳來玻璃瓶破碎的聲音。柳煥被嚇到急忙探頭往下看，聽見奶奶急促的聲音：

「喂，你這小子，幹嘛啊？」

「您都這把年紀了，怎麼聽不懂人話呢？趁我還好聲好氣的時候，我們笑著往來不是很好嗎？」

原來是穿著黑西裝的壯漢將雜貨店前堆疊的一箱箱燒酒通通打翻，還作勢要踢翻奶奶身邊所有東西的樣子。

「這些東西你打算怎麼賠？沒出息的傢伙！」

「燒酒、啤酒，都說我們會供應了，有什麼問題？下面大街的雜貨店也都是跟我們拿貨。」

壯漢轉動著肩膀，拗著指關節和頸關節說道。柳煥看著破碎的燒酒瓶大發雷霆。

——這四方形的兔崽子！那幾箱可是我辛苦堆上去的！我操！

散落一地的燒酒瓶和酒沿著山坡邊流邊滾下去。柳煥一口氣跳下樓梯，緊緊抱住壯漢的腰部。

「大叔！嘿嘿，不行，瓶子碎了就慘了，踩到會痛痛。」

「你誰啊？幹！」

被嚇到的壯漢錯愕地後退幾步，柳煥用誇張的笑聲仰頭注視壯漢。

「嘿嘿，我哥哥是警察喔！會教訓大叔的，真的，斗錫哥哥是警察。」

「這頭殼壞掉的智障是誰？」

「是啊！臭小子，我兒子是巡邏警察！」

奶奶也跟著一起向壯漢嗆聲，然而壯漢卻對「警察」一詞毫無反應。

「呵，是嗎？哎呀，有個警察兒子太好了是吧？」

壯漢反而像等待此話已久般挖苦奶奶，並用拳頭揍向柳煥的頭。

「我早就知道了，所以怎樣？趙巡警住在這裡又怎樣？」

——組長……

海真從屋頂探頭往下看，看見柳煥被壯漢痛毆的景象，十分焦慮不安。反觀海浪則像發現了有趣的戲碼一般，獨自呵呵笑著。受到驚嚇的奶奶衝了過去，一把掐住柳煥的後頸。

「東九，東九，你幹嘛打人啊！」

奶奶的嗓音就和她的個性一樣宏亮，但乍聽又帶著點哽咽。

「大人在談正事，竟敢不知好歹闖進來。」

正當海真打算走下樓梯而起身時，海浪擋住了他的去路。

「不行！在這裡給我等著。他比我們早來這裡兩年，不管怎麼處理，他都有辦法的。」

海浪說的沒錯。更何況，柳煥在此也只是個「傻子」，若是輕舉妄動，很有可能讓問題變得更大。奶奶正氣凜然地對著壯漢罵道：

「喂，你這個畜生！好好的一個人幹嘛打他？你們為什麼要來這裡鬧事？」

「看來這大嬸不知道什麼叫真正的鬧事啊！」壯漢抖著腳說。

柳煥倒在地上，思考該如何趕走這名壯漢。另一方面，想到海真與海浪正在樓上觀望這一切，就使他備感屈辱。

柳煥強忍著心中的怒火，顫抖地緊握雙拳。或許只要先讓奶奶遠離此處，就有辦法制伏壯漢。碰巧，此時壯漢掏出手機，打電話給某人。

「是，大哥，我看用說的是行不通了，怎麼辦？」

剎那間，奶奶一把握住柳煥顫抖的拳頭，用她長滿繭的粗糙手掌蓋住柳煥的拳頭。

「不行，好好待著。」奶奶冷靜地說。

「大嬸，總之呢，下禮拜開始我會帶貨來，就這麼說定啦！兒子也要好好活著才能升官嘛，您說是不是啊？」

壯漢與號稱大哥的男子通完電話後，留下這句話便轉身離去。

「幹！鼻屎般大的雜貨店還這麼囂張。」

柳煥再也忍無可忍，輕輕拉開奶奶的手，起身抓住壯漢的衣領。壯漢面露青筋用力皺著眉頭轉了過來。

「幹嘛？你又想幹嘛？」

柳煥緊抓著壯漢的手臂說：

「嘿嘿，大叔，那些破掉的酒瓶是要賣錢的，賠我們吧，嘿嘿。」

奶奶急忙大喊：「哎呀！算了啦，東九！」

然而柳煥並不打算放開壯漢，壯漢看著憨笑的柳煥說：

「幹！這傢伙真的是皮在癢。」

話還沒說完，拳頭已經揮了過去。

「喂，你這雜種！」

砰！壯漢使盡全力揮出的一拳讓柳煥跌向燒酒瓶碎裂一地的地方。

「敢再抓我試試看，我把你的脊椎折斷，呸！好好想想吧！」

壯漢留下最後一句話便走出村子。柳煥沒有追上去，因為奶奶不斷用腳踢他，暗示他夠了。

「哎呀，你這傢伙，幹嘛去抓人家呢？有沒有傷到哪裡？」

柳煥站起身，從頭髮裡掉下一片片玻璃碎片，剛撲倒在地、被割傷的臉頰流著鮮血。驚慌失措的反而是奶奶。

「那、那個，流血了，東九！」

「嘿嘿，被割到了，嘿嘿，沒關係，不痛痛。」

「要不要縫一下？」

整理完雜貨店門口，坐在屋頂上的海真問柳煥。就在柳煥和壯漢搏鬥時，棉被已經晾乾。柳煥只輕輕貼一張ＯＫ繃在臉上傷口處。

「不用了，這點小傷對我們來說算傷嗎？」

海浪也對柳煥的傷口不以為意：

「是啊，又沒見骨。」

「要是哥您不方便，我可以去找那四方形大塊頭算帳，神不知鬼不覺地……」

柳煥打斷海真，訓斥道：

「你這瘋子，真是無腦！都說我沒事了，別動不動叫我『哥』。沒必要為了這點小事製造危險，這種事在這裡常發生。」

海真沒再說話。

「南韓果然是資本主義社會，這種惡勢力竟然也蔓延到這小村子。」

然而，柳煥正在想著其他事：當時奶奶深怕他衝向壯漢而緊握住他的拳頭。但柳煥在這裡只是個笨蛋，奶奶怎麼會知道柳煥要做什麼且攔住他，叫他好好待著？難道奶奶已經知道什麼了嗎？正當柳煥在思考時，海真說：

「不過組長，就這麼放著，下次他一定會再來找麻煩，問題也無法解決不是嗎？」

柳煥和海浪都沒有回應，各自沉浸在自己的思考中。海真開了另一個話題：

「這只是題外話，反正您們的任務都是由我呈報，這點小事可以不必記錄，嗯，就這樣。」

斗錫晚上下班回家，聽完奶奶說壯漢的事情，氣得他急跳腳。

「什麼？真的？所以呢？」

「哪有什麼所以，就是小混混來鬧事。」

「幹！應該叫我才對啊，或者拍照錄影存證嘛！這樣放他走不會解決問題。」

「咳、咳！」

奶奶只用咳嗽代替回答。雖然奶奶平常就飽受咳嗽之苦，但斗錫擔心會不會是因為其他原因讓奶奶焦躁。

「怎麼了？哪裡不舒服嗎？我帶妳去醫院。」

「誰跟你不舒服？是代替我挨打的東九才不舒服，我這人可是有痛直說的。」

「啊，對付那種兔崽子就該準備好證據將他繩之以法。這什麼鬼國家，警察這麼沒力量！媽，妳再等我十年，等我升了官就把他們通通關進牢房。」

奶奶沒有答話，默默地看著電視。她小聲叫了斗錫的名字：

「斗錫啊，媽媽我……沒事，沒事。」

「什麼嘛，幹嘛話說一半。」

斗錫瞇著眼睛注視著奶奶的背影，奶奶卻假裝若無其事地不發一語。

太陽西下，雜貨店關門後，柳煥戴上帽子壓低帽檐走出村外。白天都在幫忙店裡的工作，幾乎沒有機會走出村子，兩年來，白天可以去村外的機會屈指可數。柳煥要去的地方是離村子不遠處大馬路上的一家加油站。天色已暗，一名工讀生正在幫一輛箱型車加油，那人是海真。箱型車離開後，加油站再度回歸空蕩，柳煥打了聲招呼：

「只是在加油站做這種工作？」
「很平凡嗎？至少比雜貨店送貨員好吧！而且，這某種程度上也很像在射擊啊！」
海真發現柳煥的表情絲毫沒變，看來玩笑起不了作用，他停止嘻笑。有別於平常總是穿著鬆垮上衣、踩著拖鞋，今天柳煥特地穿了一件拉鍊拉到頸部的運動外套，還戴了帽子。
「原來不只有那件髒髒的綠色外套，還有這件啊？」
「我跟海浪借的。」
柳煥猶豫了一下問道：
「話說……昨天那傢伙，你有辦法找出來嗎？」
海真毫不遲疑地回答：
「我早料到您會問我，早上就把人找好了。」
海真帶著柳煥從加油站離開，走了好一陣子。大概三十分鐘後，眼前出現一片設有大大小小倉庫的空地。
「四方形那傢伙的倉庫在這裡。頭目的辦公室在另一處，但四方形和幾個屬下會不定時在這裡進出。他們習慣第一次交易先用合理的價格收服人心，之後再提高價格暴利取財。名義上是物流業者，但若要求中止合作，就會開始鬧事，或者讓你揹黑鍋導致生意做不下去。不過，這些對我們來說都是無用的資訊。」

聽完海真的話，柳煥環顧四周。海真就站在稍微打開的倉庫門前，光影從裡面射出來。

「就是這裡，剛好有人在。」

兩人專注地聽，聽見有人在謾罵的聲音。柳煥從門縫朝裡頭望去，看見眼睛被打得積血瘀青的斗錫正被兩名壯漢壓著。

柳煥被眼前這位出乎意料的人嚇了一跳，兩位壯漢將斗錫壓在椅子上問話：

「真是不知天高地厚的傢伙！喂，突然跑來揮幾下拳頭一定有原因吧，快說，你到底是誰？」

「吃屎吧蠢蛋，我說過了，看不爽你們長成這副德性，知道嗎，死兔崽子。」

臉被毆打到腫脹的斗錫向兩位壯漢嗆聲。

「那人……是雜貨店老太婆的兒子吧？」

——斗錫……你怎麼會在這裡？

「孩子呀，難道要過一輩子斷腿的日子才肯說嗎？」

「你們試試看啊！如果我不能從這裡走出去，你們也是變成一坨屎！」

「哎呀，這小不點哪來的自信？等等，你……誠哲！這裡有警察的名單嗎？」

「報告大哥，這裡沒有，名單都在辦公室。」
「啊，這傢伙，喂，你是條子嗎？」
壯漢開始懷疑斗錫的身份。柳煥因為斗錫無預警地出場，正在動腦筋想方法。
「真是兩難，該怎麼辦才好？還是我先進去把四方形抓出來？」
海真注視著裡面的情況，再度向柳煥確認。
「不行，要抓也要抓大咖的，光靠那個小跟班解決不了問題。」
「為什麼？對組長您動手的就是那傢伙啊！該不會，您是為了守護雜貨店嗎？不是要來向對您動手的傢伙報仇？」
「不管什麼目的，現在這情況我束手無策，如果被認出來就慘了。」
「組長，我來這裡只是為了懲罰那隻膽敢對組長您動手的兔崽子……」
「海浪說的沒錯，你太年輕，目光短淺。你以為你是來郊遊的嗎？」
柳煥語帶責備地說，脫下頭上的針織帽。
「組長，我只是……」
柳煥沒有給海真解釋的時間，畢竟再這樣下去，誰也難保斗錫會出什麼事。柳煥將針織帽套到海真頭上，調整了一下帽子的角度，讓人不容易看見海真的臉，這個舉動就像哥哥在幫弟弟戴帽子般親密。

「斗錫沒見過你吧？裝扮成這樣，他以後也很難記得你。你只要想著是在幫我就好了，進去把斗錫放了，稍微跟那兩個傢伙玩玩，再把倉庫銷毀。」

「組長……」

柳煥朝呆滯的海真頭頂敲一下說：

「你會幫我吧？」

「是！」

海真簡單回答後便快步潛入倉庫。柳煥對著海真的背影說：

「絕對不能殺了他們喔！」

喀噹，啪嗒，呃！砰！

倉庫裡傳來打鬥的聲響，柳煥聽著那聲響獨自嘀咕道：

「我怕沾了血才去借衣服穿的……」

「啊！哎呀，幹，好痛！」

斗錫一跛一跛地走回村子，或許是渾身都被毆打，他背部感到一陣疼痛。當他被壯漢綁在倉庫裡時，是海真出現讓他得以逃跑。

「話說，那個男孩是誰？為什麼突然插手？哎，不過那些流氓要是沒有敵人，那才奇怪。」

斗錫扶著疼痛的腰部自言自語。那位瞬間制伏兩名壯漢，瞪大雙眼使眼色要他快點離開的男子，體格比斗錫小得多。

「不想被火燒死就趕快回家！」

比起兩名壯漢，斗錫從那位男子身上感受到更可怕的兇狠殺氣。

「那是我第一次看到那種眼神，太、太可怕了……」

無論如何，平安逃離現場的斗錫決定不再回想。

「哎，我也真是的，再怎麼說也是個警察，還帶了傢伙去，怎麼會一次都沒有擊中對方？真是太丟臉了。」

斗錫聽說他們在雜貨店鬧事，便趁夜突襲那些壯漢，不過最後不但沒有報仇成功，還挨了一頓毒打，他對這樣的自己感到十分慚愧。此時，柳煥拿著兩顆雞蛋蹦蹦跳跳地從巷子裡出來。

「嘿嘿，雞蛋，雞蛋，圓滾滾的，嘿嘿！」

斗錫一看見柳煥，馬上抬頭挺胸打直腰桿。

「呃，哥？啊，不是喔，我沒有偷雞蛋吃！真的！」

柳煥看見斗錫發現自己，故作驚嚇地大喊著。

「我有說你什麼嗎？這傢伙。」

斗錫坐在公園的鞦韆上，用柳煥拿來的雞蛋揉著眼睛周圍。經過十多分鐘，漸漸有消腫的跡象。

「很痛嗎？」柳煥用腳推著鞦韆問道。

「小子，你別看我這樣，那群人比我傷得更重好嗎？該怎麼說呢，十個流氓欺負了奶奶，我不能放著不管，那群人啊，都被我打到送醫急救了！」斗錫自吹自擂地說。

「我會對媽說這是我自己跌倒弄的，所以你什麼話也別說啊！」

「嗯，嘿嘿。」

柳煥成了什麼都不知道的笨蛋東九，對斗錫不停地傻笑。但斗錫沒有一絲笑容，靜靜望著公園地面。

「東九，你覺得哥哥我看起來強壯嗎？」

「當然囉，哥哥最強了！讚！讚！」

「東九啊，身為男生，如果沒有非常聰明或非常強壯，就無法守護身邊重要的人。若是兩者都沒有……哎，算了，我在對個傻子說什麼呢？」

「我不是傻子！」

斗錫看了看柳煥，噗哧一笑，再次拿起雞蛋揉眼睛。

「知道了，臭小子，你閉嘴，你只要好好聽哥哥的話乖乖待著就好了。你也來我們家兩年了，雖然這可能是很久以後的事……不過，要是哪天媽走了，就只剩你我兩人。所以說你這小子，不要老是晚上在外面遊蕩，要小心，知道嗎？像你這樣的傻子要活在這世上實在太悲情了。」

柳煥沒能回應一句話，斗錫有些嚴肅地繼續說：

「別擔心，小子，哥哥我將來會賺大錢、升官……」

柳煥為了克制想笑的衝動，刻意深深吸了一大口氣。然而，斗錫依舊板著一張嚴肅的臉。

「畢竟我還有能力照顧就這麼一個弟弟，你只要相信我就行了！」

斗錫彷彿立下悲壯的誓言一般，緊握住手裡的雞蛋說道。柳煥不再有想笑的念頭，也無法對斗錫做出任何回應，只能在心裡默默嘀咕：

——這傢伙，逞什麼強。

「不過東九啊，最近媽說雞蛋數量老是不對耶，是你幹的嗎？」

「啊！」

兩年前的某天，接近傍晚時分，雜貨店奶奶下公車後走進巷子，神情恍惚地拖著沉重的步伐。

「阿錫他媽，妳從哪裡回來啊？」

坐在村子出入口的春米坊鄰居熱情地招呼雜貨店奶奶，卻沒有得到回應。

「這人真是……耳聾啦！」

奶奶不斷想著醫生的話：

「您應該全身都感到疼痛吧，怎麼會拖到現在才來醫院呢？」

醫生彷彿可以感受到奶奶的疼痛一般，皺緊眉頭說：

「腎功能不全會出現各種症狀，許多患者像您一樣，以為只是單純身體疲勞或肌肉痠痛而錯過治療的黃金期，雖然腎移植是目前的最佳方法……」

後來醫生說了什麼她已經不記得了。轟隆隆，唰！天空開始下起大雨。奶奶仰望天空，隨即從手提包裡取出雨傘。

同時間，柳煥正爬上月亮村的頂端。雖然他一步一步地走著，身體卻不像自己的，毫無知覺。他已經超過三天沒吃沒睡了，爬著月亮村的巷道讓他上氣不接下氣。

「呼，呼，還給我下雨……」

柳煥沿著連個人影都沒有的村子後巷繞啊繞，選定暫時歇息的地方，是預計再開發的撤遷區域。突如其來的大雨將他身上的夾克和襯衫全部淋濕，濕透的衣服加重柳煥的步伐，瞬間，他身體傾斜，坐到地上。

——應該是這裡沒錯，終於到了……但這裡是人住的地方嗎？

他努力睜開快闔上的雙眼環顧四周，那是跟廢墟沒有兩樣的地方。原本用板子接在一起的屋頂已經倒塌，破碎的玻璃散落一地。離開基地後究竟過了多少天，他早已想不起來。

——經過中國到釜山花了十七天……在釜山的第四次聯繫時出了問題，黨怎會如此粗糙地擬定滲透路徑？不，一定是某個環節出了問題。對，這麼辛苦都是因為第四次搭線的負責人沒有出現！明明那位同志早該準備好臨時身份證和現金出來接應我的……臭崽子！膽敢背叛共和國！我不會放過你。明天下午在村裡見到徐同志就可以拿到新的身份證了。很好，快了，幹，超過三天沒睡沒吃。

柳煥坐在地上盡情地被雨淋著。

——很好，繼續下吧，出征和抵達都下雨啊！母親，我一定會幹件大事再回去孝敬您老人家的。

雖然他努力想睜開緊閉的雙眼，卻徒勞無功，雨滴如溫暖的棉被浸濕他全身。

「風雨，啊，風雨！」

海浪抱著吉他在院子裡裝模作樣，尖銳的吉他聲響到在高爺爺家門前的巷子都聽得到。

「風雨交加的大海，回歸寧靜……」

村民聚集在高爺爺家的院子裡，聽著海浪的歌聲微笑著。柳煥打開大門，遞出一包塑膠袋。

「哈囉！嘿嘿，我送餅乾和飲料過來。」

「喂，東九！我叫外送多久了，現在才來！」友俊斥罵道。

「那個，週末外送比較多……」柳煥答道。

——拜託，像餅乾這種東西自己走路去買就好了，臭崽子！

「哎唷，這小子竟敢頂嘴！」

友俊一舉起拳頭，柳煥就配合著他刻意喊道：

「啊，不要打我！我知錯了。」

友俊彷彿要好好揍他一頓般從位子起身，此時，後方的海真一把抓住友俊的手。

「搞什麼啊！」

「放過他吧，東九哥明明很忙但還是幫你送來了，就原諒他一回吧！」

友俊發現海真的表情有些冷淡，結巴地說：

「是、是嗎？但、但我才是老大耶……」

海浪不停地彈著吉他唱歌。平床上除了高爺爺家的房客，還有兩個小毛頭與他們的母親。海浪在拍手叫好的小毛頭面前出盡鋒頭。柳煥看著眼前的海浪，吞下差點憋不住的笑聲。他將整袋塑膠袋交給友俊，正準備離開時，高爺爺從房子二樓走下來：

「東九來了啊！」

「是，我馬上就要走了！還有好多外送在等呢，嘿嘿，我先走了。」

「好，辛苦你啦，慢走。」

柳煥頭頂都快著地似地向高爺爺深深鞠躬後轉身跑去，高爺爺的視線停在柳煥的背影上好一陣子。

雨不停地下，柳煥淋著雨，靠著圍牆癱軟無力地坐著。

「年輕人，還好嗎？這裡要改建成電梯大樓人都走光了，人們還覺得這裡很可怕，很少人經過。你這樣一個人太危險了。哪裡不舒服嗎？小夥子，醒醒啊！」

柳煥耳邊傳來嗡嗡聲，正當他心想這或許是一場夢時，硬是撐開了眼皮，隱約看見一張皺紋滿布的臉龐。

——母親？啊，不是，清醒過來，這裡是敵營。

但柳煥已經力不從心到連一根手指都動不了。

「這樣下去事情被鬧大就慘了，等等，我的手機……」

奶奶翻找著手提包裡的手機，取出按下電話號碼。

「阿錫，是我！這裡是垃圾巷，知道吧？嗯，快過來。哪有那麼多問題，媽叫你來就來，還不快給我過來！」

奶奶掛上電話，再次彎腰察看柳煥。

「回過神了嗎？小夥子，小夥子你住哪兒啊？叫什麼名字？」

柳煥四肢癱軟，眼神渙散，瞳孔毫無焦點，眼皮也不停跳動著。

「什麼嘛，到底有沒有回神啊？」

柳煥眼睛只微微張開一半，很難確認究竟是睜著還是閉著。奶奶驚慌失措地拍打柳煥肩膀，看他嘴巴彷彿有在呼吸般顫抖著。

「嗯？這人在說什麼？」

奶奶將雨傘移到柳煥頭上。

「人民……共……和……國……部隊……星……組……元……柳煥……」

柳煥乾裂的嘴唇虛弱無力地上下開闔，氣若游絲的聲音有點像在吹口哨，也有點像在喘息。光看他唇部的動作，很難辨別他在說什麼。

「嗯？你說什麼？」

奶奶再問一遍，但柳煥直接失去了意識。

柳煥將外送通通送達後，回到雜貨店看見奶奶在門口徘徊。

「大嬸，怎麼出來了？」

「現在才跑完外送啊？我想去村裡一趟，你幫我好好顧店啊！」

「好，嘿嘿，您快去吧！」

奶奶雙手交叉於身後，往村子上頭走去。柳煥坐上平床開了一支冰棒，此時，剛好有一位穿著整齊西裝的男子朝村子出入口走了進來，走到雜貨店前向柳煥搭話。

「那個，請問一下，這裡有賣水果嗎？」

「啊，是木材工廠的大叔吧？嘿嘿，哇，要去哪裡啊？西……西裝！這裡沒有水果，只有罐頭。」

柳煥一眼就認出他的身份，治雄不見的那天，在公廁後方遇見的就是這位男子。他梳妝整齊，不見一根鬍渣，身穿老舊但乾淨平整的西裝，感覺面有難色。不知是不是領帶打得太緊，他不斷想拉鬆領結，總之整個人充滿了緊張不安的情緒。

「是嗎？嗯，該怎麼辦才好？還是要去大馬路上買？有孩子的話買蛋糕比較好嗎？怎麼辦呢？」

柳煥嗅出他是要準備去向小毛頭們的媽媽告白，於是抱著雜貨店裡的一桶香腸條和一杯白開水從裡面走出來。

「大叔，喝杯水吧！」

男子大口大口地灌進那杯白開水，擦了擦額頭上的冷汗。

「呼，好多了。」

「來，買這個吧！那家孩子超喜歡這香腸條。」

柳煥突然將一桶香腸條遞給男子。

「喔？喔，謝謝你。」

男子慌慌張張地從西裝口袋掏出錢包，抽出幾張皺巴巴的千元鈔票。抱著一桶香腸條東張西望的男子彷彿突然想起自己的正事一般，拉了拉西裝衣領，轉身離去。柳煥舉起拳頭對他說：

「加油！」

「謝、謝謝。」

奶奶朝巷子上頭高爺爺家的方向邁步走去。院子裡海浪的演奏剛結束，觀看的村民紛紛離去，回到一片寧靜。高爺爺爬到房屋頂樓享受涼風，看見走到門口的奶奶，用眼神和她招呼示意。當高爺爺聽見奶奶爬到頂樓的最後一個階梯時，他開口問：

「妳身體還好嗎？」

「我會活得比你久的，別擔心。有打聽到什麼嗎？」

奶奶用手撐著膝蓋，走在頂樓上的空地問道。

「我沒那麼大的能耐，吃巡查這碗飯也是好久以前的事了。妳以為打聽某人的過去很簡單嗎？我已經請人幫忙了，再等等吧！幹嘛這麼著急，難道有什麼事？」

「上次店裡有些騷動，我就覺得奇怪，他好像有什麼難言之隱。」

「別太操心，哪個人的人生沒有故事？妳覺得他有什麼難言之隱？」

奶奶將徘徊在嘴邊的話吞了回去。

「這個嘛……我也不確定，我又不是因為知道他有難言之隱才來拜託你的！說不定他有家人啊，看他怪可憐的。我看他應該不是天生就那樣，要是有親人，我們可以幫他找出來，也不曉得這孩子是不是被拋棄的……總之，他不像是天生的傻子，如果有什麼故事，我們也該幫他釐清才是。」

「呵，看來那小子已經成了妳小兒子啦，妳先好好照顧身體吧！」

奶奶僅以點頭作為回應，站在高爺爺旁邊俯瞰著整個村子。

男子朝小毛頭的家健步如飛地走去，柳煥看著看著倒到平床上。靛藍色的天空襯托出潔白的雲朵像一朵朵棉花。柳煥彷彿真的成了東九，雙手張開，手指交叉地墊在後腦勺下，獨自欣賞這片優美的天空。他回想起彈吉他的海浪與坐在他面前笑容滿面的每一個人，想像著剛抱走一桶香腸條、站在小毛頭家門口緊張萬分的男子。

——真羨慕大家，你們可知能夠平凡地過日子是多麼幸福的一件事？

天空剛好有一片雲朵被風吹動，藏在後面的金黃色陽光瞬間灑落一地，柳煥用全身盡情迎接太陽光的照射，闔上雙眼。村裡的優閒程度甚至會令人起疑，為了執行任務而身處敵營的間諜何以如此享受，意識到這件事的柳煥淡淡地擠出一抹微笑。

——母親，近來可好？我過得很好。

EPISODE 3

野狗們

從北韓平壤的柳京飯店向外看，就連遠處提煉廠煙囪上冒著的白煙都能盡收眼底。柳京飯店雖未完工，但仍以象徵北韓的建築物之姿威風凜凜地豎立在平壤市中心。

遠處傳來規律的軍靴踏步聲，李武赫隊長緩緩抬頭，注視著遠處老鶴山山腳。天空晴朗無雲，視野更為遼闊。踏步聲突然停止，隨即是明快的口令與舉手敬禮聲。

「你來啦，路上辛苦了，好好休息。」

李武赫隊長頭也不回地說。舉手敬禮的金泰源大佐再次原地踏步後，將手放下。李武赫隊長依然從混凝土塊間凝視著外頭。

「你應該好奇我為何叫你來這裡吧？我想找著安靜的地方聽聽同志你的意見。」

金大佐像個啞巴般噤聲不語，屏息注視前方。李武赫隊長繼續說：

「雖然蓋到一半就停工了，但我非常喜歡這棟建築。別人說它是凶物、是世上最大的垃圾，但懷抱遠大夢想默默等待佳機的這個特質，倒很符合我們共和國的精神。」

「多拿一點吧！」

海浪以髮夾固定瀏海注視著柳煥說。

「我就說不用了。」
柳煥連看都沒看一眼便答道。
「別這樣，多拿一點嘛！」
隨著海浪的嗓音提高，海真忍不住插嘴道：
「抱歉，打個岔，我是平分成三等份，誰都不必推托或感到不公平。」
「這傢伙，你算什麼東西！」
海浪怒氣沖天地說。
「我只是想趕快解決這件事。」
海真面無表情地答道。海浪沒再說一句話。柳煥、海浪、海真三人聚集在柳煥家屋頂陽台，看似在商討某事。
原本還靈活地剝弄小魚乾的海浪突然緊咬牙齒，手上的小魚乾跟著抖動。
「幹，我不做了！我可不是來這裡挑小魚乾內臟的！」
「喂，喂！別倒到我這裡！」
柳煥邊用手擋住自己面前的小魚乾邊說。
「為什麼連這種事都要你做？」
「所以我才說讓他自己做嘛！幹嘛硬要搶著做呢？」

原來是海浪和海真主動要求幫忙奶奶吩咐柳煥的剝小魚乾工作。海真與不斷抱怨嘀咕的兩人不同，一臉嚴肅，認真地挑著小魚乾並開口道：

「我認為她指派這工作一定別有居心。兩位組長說說，這小魚乾有哪裡需要被挑出來剝掉的嗎？從她要我們挑出小魚乾內臟，甚至拔去頭部來看，這老太婆分明有其他目的。一定是在吹噓『即便我們是平民，也只吃小魚乾的身體』，想就此觀察我們的反應。此外，也有可能是要故意藉由這種體型嬌小的魚種來看我們會不會偷吃。因此我從一開始就掌握好了，這盆子裡有二百一十九隻小魚乾，我們得準確地還給老太婆二百一十九隻挑好的小魚乾，才不會露出破綻。」

聽著海真煞有介事的分析，柳煥無言以對。海浪反而對海真讚譽有加：

「喔，果然有傑出的分析能力，沒有枉費你來這裡啊！」

柳煥強忍著對兩人談話感到無奈的心情，問海真：

「不如用你那傑出的分析能力說說看，我們到底要等到什麼時候？」

「我過來之前也還沒收到準確的情報，但可以確定目前的狀況應該是受上次海上交戰的影響。畢竟北南都有死傷，需要一段等待期。」

「什麼，交戰？什麼意思？」

柳煥對「交戰」二字感到驚愕不已，這也使他再度意識到自己間諜的身份，然而他從未聽過這件事。

「你不知道嗎？」

看來海浪知道這事。海真繼續說：

「上個月二十一日十七時七分，西海發生一場交戰。最後統計，共和國七名、南韓四名人員身亡。」

「我完全沒有聽說，畢竟我扮演的角色接觸不到情報。不過話說回來，為何會發動戰爭？而且，既然如此，我們應該會變得更忙不是嗎？什麼時候我們共和國變得如此消極了？」

海真停頓了一下說：

「這個嘛……戰爭是共和國發起的。而且問題在於，我們先攻擊對方這件事被揭發出來，在國際上的處境比較難堪。」

柳煥問不下去了，三人再次專注於剝小魚乾的工作上。

李武赫隊長坐在椅子上背對辦公桌，他肩章上的四顆星耀眼奪目。隊長親自召見金大佐可是極為罕見的事。金大佐耐心等著隊長下一句話。李武赫隊長沉默了好一陣子，終於開口道：

「同志你也曉得，這次的事如果我方沒人犧牲會很難平息，所以暫時可能需要配合一下那些南韓小子們。畢竟這次證據確鑿。同志，我的立場可是非常尷尬啊，我的計畫竟成了這副德性！你懂我的意思吧？」

「您是否有命令要宣布？」

李武赫隊長將視線轉回前方，金大佐小心翼翼地問：

「對方提出幾條約定，並要求我們提供一部分發派到南韓的革命戰士資料。畢竟他們現在佔上風，才敢向我們獅子大開口，要求提供發派到南韓中心的三十名最佳革命戰士資料。想也知道他們要把這些戰士通通逮捕，而且是以上級戰士為主。」

金大佐從李武赫隊長最後的話中察覺他心意已決，眉間下意識地微微皺了一下。

——所以現在是要自己一人苟且偷生，把我國戰士通通出賣的意思嗎？

李武赫起身，戴上軍帽，彷彿進出過什麼髒亂的地方一般，看似厭煩地把軍褲褲管抖了幾下。

「同志，對於我建立的五四四六秘密部隊，你知道我有多驕傲且珍惜嗎？我今天向委員長同志提起，現在他也知道五四四六部隊的存在了，其中有十三位包含在提供給南韓的三十名名單中。」

金大佐回憶起過去自己一手栽培的戰士們，他不惜生命養成的那群戰士也同樣不惜生命地服從並跟隨他。金大佐緊咬牙齒。

——這狗娘養的，裡面還有你的親生兒子啊！

雙手插腰的李武赫隊長問金大佐：

「你有其他意見嗎？」

金大佐努力保持平常心，默默答道：

「提供南韓資料之前，請給他們守護自尊的機會吧！」

「自尊？」

李武赫隊長面露不悅地轉身面向金大佐，似乎沒有料到自己隨口問的問題，金大佐還真的提出意見。

「他們是為了偉大共和國早已準備好隨時犧牲的戰士！您乾脆下令叫全員自盡吧！」

這些話從金大佐口中一字一句清楚地表述出來，李武赫隊長瞇著雙眼緊盯金大佐。他的眼神就像一條蛇，狡猾地閃爍著。李武赫隊長沉默了幾分鐘，向後退幾步。金大佐明白李武赫隊長正陷入沉思，不發一語地耐心等待。接著，李武赫隊長開口道：

「同志，你可以對你所言負責嗎？至今為止，那群以戰鬥能力為優先所訓練成的

『鮭魚』，要是其中一人抱持不同想法，你可知道那是多麼危險的事？要我給他們一個光榮自盡的機會，你真能扛起這句話的責任嗎？」

李武赫隊長刻意將語氣著重在最後的「責任」兩個字上。而金大佐的回答從一開始就確定了，他答道：

「五四四六秘密南派特殊部隊負責教官，大佐金泰源願意負責！若有人不從命，我將親自奪取他的性命。」

「很好，既然同志表現出這種態度，我願意信任你。即刻執行。」

李武赫隊長在金大佐舉手敬禮尚未完畢前，已快步往建築物下方走去。金大佐在李武赫隊長離開後，仍留在原地好長一段時間，許久不願放下那隻敬禮之手。

「剝小魚乾的任務完成，那我先離開了。」

「要去加油站吧？」

海浪看著穿著校服外套的海真說道：

「不錯嘛，至少在我們之中你做的事還比較像樣一點。」

「組長您也加油，下次一定會通過面試的，到昨天為止已經是第七次落選了吧？」

海真說完走下樓梯，海浪咬牙切齒地說：

「小兔崽子，他怎麼知道的？哎，真丟臉。」

「那小子的任務就是監視我們啊！」

話雖如此，柳煥看著海浪仍難掩心中的笑意。

「不准笑！真煩，當初還以為黨會派給我什麼了不起的任務，結果，這是在幹嘛？呿！現在這身份跟小魚乾還真沒兩樣。我可不是為了做這種事而瘋狂訓練還拚死命活下來的，怎麼不乾脆直接發動戰爭決一死戰呢？」

海浪摸著小魚乾說，引來柳煥一陣撻伐：

「你是吃太飽撐著吧，戰爭是兒戲嗎？說打就打。我們的存在一方面是為了戰爭做準備，另一方面也是為了讓共和國的信念有朝一日可以達成。戰爭？以目前的情況我看就是餓肚子的人民死光而已。」

海浪的肩膀微微抖了一下，柳煥光從海浪背影就能看出他自嘲式的不屑表情。

「我說，五星組組長，你好像把我們的存在當成什麼偉大的事了？我們不過是個消耗品，被製造成隨時都可以拿來使用的消耗品。」

「李海浪，你現在發表的是非常危險的言論。」

「沒關係，你也知道我對思想什麼的毫不在乎，但若真要抗爭，我也只會為祖國抗爭，在我眼裡反倒你們比較危險。就像這個，數百條小魚乾裡面，少了幾條也不會有人在意。」

柳煥無法反駁，或許是自己打從心底也與海浪同樣想法，甚至覺得自己說不出口，終於由海浪代替說出而感到痛快。此時，海浪將一條剝好的小魚乾放進嘴裡，柳煥迅速衝過去打了海浪後腦勺一下。

「吐出來！幹嘛偷吃！」

「哎唷，噴出去了啦，怎麼連你也這樣？屈屈一條小魚乾誰會發現啊！」

「說好不能偷吃的，不准吃！」

啪噠，一隻鴿子從遠處飛來，叼起掉落在地的小魚乾。

「那隻鴿子在幹什麼？」

「喔！這畜生！快還給我！」

「哇，南韓的鴿子還真威風。」

「辛苦啦，早點回去吧！」

「嗯，明天見。」

深夜結束打工的海真離開加油站，沿著大馬路走去。海真家就在柳煥和海浪居住的村子旁。

走過幾個亮著燈的看板，夜裡還開門的店頂多就是便利商店、酒店和網咖。海真回家的路上會經過幾家網咖，若有資訊需要傳遞時，他會去網咖任選一台電腦用。海真抬頭注視一個特別明亮的網咖店看板，他已經有好長一段時間沒有收到黨的消息了，柳煥想知道等待任務的狀態要持續到何時，他也一樣好奇。海真毫不遲疑地走進網咖。

位於地下室的網咖幾乎不見半個人影，他挑了一個座位坐下，打開電子信箱，裡面充斥著無用的廣告信，其中有一封以英文和阿拉伯數字交雜為標題的信件，就像系統錯誤時會出現的那種複雜且毫無意義的數字與文字。

海真點開那信件，整個電腦螢幕瞬間被加了密的信件佔據，任誰看都會以為是網頁出錯。海真固定視線，解讀著暗號並閱讀信件內容。這信比以往的命令下達信來得冗長，愈是讀到下面，海真的表情也愈凝重。讀完整封信，他放在滑鼠上的手指絲毫沒有任何動作。

二十四小時內，為了偉大的人民共和國，下令：五四四六部隊革命戰士全員自盡。若有不從者，該區監視者將負責射殺全員，回報後同樣自盡。

柳煥跟隨海真走進垃圾巷。海真突然去找他，不發一語地帶著他走進巷子裡廢棄的屋子。

「搞什麼，幹嘛突然來這裡？」

柳煥察覺今天的海真不大對勁。

「對不起，這是非常重要的事。海浪組長等會兒就會到了，在那之前我想先對組長您說一件事，也想聽聽您的意見。」

海真將收到的命令告訴柳煥。

「怎麼會這樣？」

柳煥對海真拋出這個沒有意義的提問，他自己也心知肚明，不管收到命令的是誰，都不可能知道其背後理由是什麼。

「不准問理由，全員無條件自盡。您願意服從嗎？」

海真問了自己真正想知道的事。

「不可能啊，為什麼？我們什麼事都還沒真正開始做！」

「組長，我們必須聽從命令，您明白嗎？」

「家人呢？要是我們死了，北方的家人會怎樣？黨還會繼續支援他們嗎？」

「信裡沒寫到這方面的事。」

柳煥靜默不語，陷入沉思般緊閉雙唇。海真想起了初次遇見柳煥的那天。

對海真來說，他有個無論如何都想追隨的人，就是五星組組長元柳煥。即使是一星期裡唯一沒有訓練課的那六小時，柳煥也都在鍛鍊場度過。當時年僅十四歲的海真偷溜出宿舍，跑到柳煥所在的鍛鍊場，在他面前雙膝下跪。那是身為預備組組員的他可以近距離見到組長級人物唯一的機會。柳煥剛結束鍛鍊，滿身大汗，正準備回宿舍。

「組長同志，我一定會活下來，您一定要帶我進入五星組！」

當時的柳煥同樣只能用不明所以的表情，不發一語地低頭看著小海真。沉默的氛圍重重地壓在小海真肩膀上，柳煥簡短地問了一句：

「所屬、年齡？」

「是！五四四六部隊三軍〇〇一五訓練兵李海真！今、今年十四歲。」

「我說你，小同志，家裡有多少人？」

「咦？母、母親與弟弟兩人。父、父親四年前去礦山賺錢後便音訊全無。」

「所以加上你總共三人。三軍訓練兵每月家中收到的米是兩升，對吧？」

「是。」

柳煥擦著身上不停流下的斗大汗珠，海真全身緊張僵直。

「你是為了讓家人每天都能有一餐飯而加入部隊的嗎？如果升到二軍就有四升米，升為一軍就有四升米外加半斤肉，成為五組組員才可以不用再擔心家人會不會餓死。」

海真對柳煥這番話完全摸不著頭緒。光是五星組組長站在自己眼前就足以讓他緊張得快要窒息。為了不讓下巴繼續顫抖，海真努力緊咬下唇。

「小同志，你要是在訓練中不幸喪命，家人怎麼辦？難道你不怕死？」

海真偷偷抬起頭看向柳煥。問他怕不怕死的柳煥，表情看上去非常平和。柳煥沒有等到海真回答便繼續說：

「在這裡的數百名同志，每個都是為了養家糊口而來，不是只有小同志你想進來。但絕大部分都會死掉或成半身不遂被拖去礦山上。這麼多的同志中，我為什麼一定要答應你？」

海真低頭不語。直到柳煥說完，海真才真正明白他要表達的意思，自己還只是個連骨骼都尚未發育健全的少年。

「組長同志，我……很敬佩您。」海真含糊地答道。

「什麼？」

「我很敬佩您！我一定會進入五星組，跟隨組長同志……」

由於敬佩柳煥而對他懷有憧憬，想要終身跟隨他，如此簡單的意思卻停在海真口中遲遲未能表述清楚——因為海真的左大腿正被一把刀狠狠刺入。稚嫩的肌膚輕而易舉地就被刺穿撕裂，刀子彷彿已刺入骨中，一陣難以忍受的疼痛湧上。海真開始痙攣抽搐，痛苦地嘶吼。用刀刺向他的正是柳煥。

「別亂動，要是再進去一點，你這條腿就要切除了。」

柳煥眼睜睜地看著躺在地上口水直流、痛苦萬分的海真說道。

「聽清楚了小同志，你現在待的三軍訓練至少不會讓你喪命或受重傷吧？這傷口雖不致命，但若不治療，也有幾個月夠你受的。」

柳煥拔出插進海真大腿的刀，鮮血頓時如噴泉般四處噴濺。

「如果這傷口被發現，就會被派去幹粗活。記得每天用乾淨的紗布擦拭，絕不能讓人發現。」

面對從未承受過的巨大疼痛，海真不受控制地顫抖抽動。他緊抓住大腿，努力控制不停抽搐的身體保持意識清醒，不想錯過柳煥的任何一句話。

「好好記得今天這一刀，我要你永遠記住受傷的痛苦，拿出比別人更強的意志力來對抗，如果仍能活命，我就帶你進入五星組。」

正是柳煥當初留下的那道傷，讓這個十四歲的小男孩為了活命而撐過那些生死交戰的訓練。

海真看著站在廢墟裡不發一語的柳煥，對他拋出當時自己也接受過的問題：

「組長，您害怕死亡嗎？」

「我從不懼怕死亡。但我需要一個理由，以及若能保證家人的安全，我絕對願意為祖國光榮地死去。我需要與金泰源總教官同志當面聊聊，你想想辦法吧！」

但這並非海真想要的答案。

「您不願意服從命令的意思嗎？」

「我不是這意思！現在立刻給我找出他的聯絡方式！」

「組長，是您讓我比其他人更早瞭解存活的方法。要是當時……您沒有理會……要是當時您只把我當個孩子不予理會的話，我絕對撐不到今天。」

海真比任何人都更清楚這個事實。他將手放進懷裡，冰冷的金屬激發他的感覺神經。海真掏出槍對準柳煥，心想要是當初他只把自己當個孩子不理睬的話……那樣的話，就不會有今天這個局面了。

「最後，您有什麼話想說？」

柳煥眼神銳利地看向海真說：

「又來？這次又是什麼警告？別鬧了，先放下槍再說吧！」

海真以另一手緊握住持槍的那隻手大喊：

「你這狗娘養的！竟敢不服從祖國的命令！我今天就要把成為南韓狗的兔崽子通通殺個精光！」

「李海真同志，這話說得太重了吧，你瘋了嗎？」

「閉嘴！不服從命令的你才瘋了！我一定要把背叛者通通處決！如果沒有遺言要交待，就直接去死吧！」

海真緊咬牙齒，用宏亮的嗓音向柳煥喊道，並一步步逼近柳煥。就在他放於板機上的食指準備要使力的瞬間，一把魟魚刀飛了過來。刀子擦過槍身，強烈的碰撞擦出火花，就連海真持槍的手肘也感受到擦撞的強烈震動，導致手槍落地。

短刀是海浪丟擲的。他趁海真還來不及撿起手槍前奮力撲過去，用膝蓋頂向海真身體。海真失去平衡，舉起雙手投降，海浪才停止攻擊。

「囂張的兔崽子，你在說什麼？」

「狗娘養的東西，我一定要把你們通通殺了！給我記住，無論如何你們都會死在我手裡！」

海真踩著破了的玻璃窗框爬上去，逃出廢墟。

「站住，李海真！」

柳煥覺得事有蹊蹺，恐怕沒這麼單純。他站到海真逃走時踩的窗框上，跳上石板屋頂，想追上海真詢問究竟怎麼一回事。

「站住！」

「柳煥，接住！這是那小子的槍，趁他還沒傷害你，先斃了他吧！」

柳煥接住海浪從底下丟來的槍，雙眼緊盯著海真遠去的身影。槍身上已裝好消音器，柳煥雙手持槍瞄準海真。

「幹什麼啊？還不快發射！」海浪在下方喊道。

柳煥沒有扣下板機。已經過了好幾秒，海真的身影仍沒逃出柳煥的視線，而且還在射程範圍內。

——為何他逃得如此緩慢？以那傢伙的實力早該消失在我眼前才對啊！

逃跑中的海真同樣也對柳煥沒有採取任何行動感到疑惑，他回頭望去，月明風清的夜空下，柳煥豎立在遠處的身影清晰可見，他正看向海真。海真故意沒撿掉落的手槍就直接逃出廢墟，他緩緩將身子轉向位在不遠處的柳煥。

——為什麼，為什麼不殺了我？快扣下板機啊！這個距離絕對能射中的，組長，快！

柳煥的身影沒有任何動搖，海真喊道：

「快殺我了啊！你要是不殺我，就得換我殺你們了！」

EPISODE 4

我們只學習彼此啃咬，
沒有學習互相理解

海真和柳煥站在月亮村的矮屋頂上相互凝望。聽完海真喊的那句話，柳煥在屋頂上大步朝海真走去。海真停在原地不再逃，高掛在夜空中的明月照亮整個月亮村。

柳煥大步走向海真，將槍放到海真手上，並把槍口對準自己心臟。

「組長……」

「開槍吧！」

「組長，我……」

海真察覺自己的身體正如當初跪在柳煥面前時一樣不停顫抖。

「如果這是你要做的，就別猶豫了。」

「我、我只是……」

正當海真支支吾吾地開口時，柳煥抬起手朝海真打下，無防備狀態的海真衝破屋頂墜落地面。

「你知道我為什麼生氣嗎？要遵從自己不認同的命令、對於至今還沒做過任何真正的任務而感到嘔氣，這些確實都是我生氣的理由。但是，最讓我生氣的是你！身為必須執行這項重要任務的共和國最優秀戰士，竟會因為私人情感而表現出懦弱，用這種亂了章法的方式胡亂處理！」

海真扶著地站起身說：

「所以我該怎麼做？我是為了幫助組長一起活著回去才來的，不是為了一起死而來的！」

海真說完，柳煥再次朝海真的腹部踢去。海真沒有反抗，不發一絲聲響地任由柳煥踢打。海真左右搖晃地站起身問柳煥：

「我該怎麼做？該殺死組長……才對嗎？」

柳煥再次對好不容易起身的海真揮出拳頭，敏捷又精準，被打中臂臟的海真腳步踉蹌了幾步，吐出強忍許久的一口氣。站在原地觀望兩人扭打成團的海浪語帶嘲諷地說：

「呵，根本是想打死他嘛，真是的。不過那臭小子，挨打也是應該，活該！」

海真重新站穩姿勢，他不再是當年那個小男孩。

「您要我……究竟……怎麼……」

原以為海真要抬頭挺胸站好，沒想到他突然將身體往前傾，展開雙臂說：

「到底要我怎麼做？」

柳煥明顯感受到海真的殺氣。雖然他輕而易舉地就躲開海真的攻擊，但海真的攻擊力仍不容小覷。海真像是已經預想到柳煥的閃躲動線，順勢伸出左手臂朝柳煥的頸部揮去。剛好後退一步的柳煥面露一抹淺淺的微笑，頸部留下了海真出擊造成的傷痕。

「很好，進步很多嘛！身為組長至少要有這種實力才是！」

柳煥將身體放低，朝海真的腹部踢一腳，失去平衡向後倒的海真掉到石板屋頂下方。柳煥沒有要放過他的意思，在海真尚未起身站穩前，他已往海真跌落的街道一躍而下。海真看著從屋頂跳下的柳煥，頓時領悟：以前透過訓練學到許多東西，卻沒有學到如何互相理解，而非彼此啃咬。此外，他的腦海也短暫閃過那些曾經交付給他們的任務，以及當初讓自己活命的柳煥，如今很可能會親手殺死自己也說不定。

——我只想聽您稱讚我一句：幹得好，你有活下來很棒。

海真將掛在嘴邊的話默默吞回肚裡。

「一三二號，合格！」

就當柳煥在基地將海真大腿刺傷而留下的傷口逐漸癒合、快要成為疤痕之際，海真在每一場競賽都順利存活了下來。為了存活而不停揮舞刀子的海真，突然回首才發現其他對手早已通通被逃汰，剩下自己一人。身上沾染的鮮血越多，存活下來見到柳煥的機率就越高。同志們都有可能變成明天的敵人，因此也無法與任何人分享自己的念頭，每次競賽合格的日子海真就備感寂寞。

「今日取得預備組組員資格的同志，加入組員之前與訓練兵分開飲食。」

海真在最後一場競賽獲得合格，取得預備組組員的資格，他與幾名組員的飯盤上堆滿一座白米山。

「同志們，從今以後你們就不再是訓練兵，而是偉大共和國驕傲的戰士。即刻起，命令你們只能說南韓語！這是偉大的委員長同志給你們的特別食物，以後可以盡情享用。」

孩子們全都飢腸轆轆，海真坐在埋首吃著白米飯的組員之間，注視著餐盤一角的兩顆水煮蛋。那天基地外頭正下著大雨。

海真雖然為了再見柳煥一面而咬牙存活下來，但他沒能如願。海真被選為預備組組員的那天，柳煥剛好接獲出征命令，離開了琵琶串海軍基地。海真帶著兩顆藏在口袋的水煮蛋，深夜翻牆出去只為見柳煥一面。儘管他已履行承諾獲得成為五星組組員的資格，柳煥卻早已離開基地。

滂沱大雨中，海真坐在基地圍牆下，一口接著一口獨自吃著那兩顆水煮蛋，臉上的水已分不清是雨還是淚。當初為了拯救家人而入伍，卻沒有任何一人是他活下去的動力，他總是孤單一人與寂寞感奮鬥，苦苦等待有一天可以與柳煥見面。柳煥雖然在他身上留下難以抹滅的傷痕，卻也是基地裡唯一一個他可以依靠的精神支柱。海真最後想聽的話其實只有一句：你有活下來很棒。

海真故意沒有閃躲，甚至就想躺在冰冷的石板路上任由柳煥處置。伴隨著低沉的嗓音，柳煥撲向攤在地上的海真，瞬間可以聽見幾根骨頭斷裂的聲響。海真臉旁隨即揮來柳煥的拳頭。

柳煥用尖銳無比的眼神俯視著海真說：

「一定有方法的……你我都來找找可以說服自己的方法吧！」

海真原以為會被拳頭擊中，睜大雙眼仰望柳煥。柳煥至今仍是他只能仰望的對象，即便在記憶裡也是。

「別擔心，不是你的錯。即使已經被培養成戰士，要承擔這種事，你還太年輕。」

海真的視線愈漸模糊，自從柳煥離開基地後，這是他第一次再度留下男兒淚。

「別哭，年輕組長！五星組組長是個愛哭鬼還像話嗎？」

海真思考著出生至今第一次感受到的這份心意是否可以用「溫暖」來形容？黨賦予他們的命令既可怕又令人畏懼，正如柳煥所說，這項任務對海真來說確實太沉重。海真止不住源源不絕滑落的斗大淚珠。

「好像有聽到什麼聲音……喔？」

海真和柳煥正前方的玻璃窗點亮了燈光。走到玻璃窗前探頭觀望的是友蘭，她剛好與撲在海真身上的柳煥四目相交。偏偏海真摔落的巷子是友蘭與友俊的家門口處。緊接著，友俊的身影出現在玻璃窗前，柳煥吞了一口口水，大門被奮力推開，友俊大喊道：

「什麼，到底是什麼聲音？喔？東九你這變態，這是在幹嘛！你這小子，把海真弄哭了？髒東西！還不快從海真身上離開，臭小子！快離開！」

市區外圍連登山客也很少走的山腳，樹草叢林中有兩位男子面對面坐著。黑漆漆的夜晚，兩人為了爬上山，身上的西裝都沾滿了汙泥。他們的穿著打扮與一般上班族沒有太大差別。

「鐘斗、強席、聖錫大叔，通通都接受了嗎？」

「是啊，都先離開光宗耀祖了，我們團隊只剩你我了。」

「北方的家人都還好吧？」

深夜裡兩名男子進行了最後的交談。

「為了偉大共和國！」

「偉大共和國，萬歲！」

他們同時從懷裡取出一把刀朝彼此刺去。

「下輩子一定要在好地方相遇，好好走吧！」

「祖國統一萬歲！」

山裡傳出一陣嘶吼悲鳴後，再度被夜的寂靜籠罩。

同一時間，市中心停工的工地有位男子正危險地攀爬高空起重機的階梯，隨即被緊追在後的健壯男子一把抓住。後方的男子抓住他的肩膀後，將槍口對準他的後頸。男子驚慌失措，表情滿是恐慌與焦慮。

「同志，我不是害怕才逃跑，我……」

「我知道。」

男子感受到身後緊抓著自己不放的人正逐漸將槍口逼進，他深吸一口氣，耳後方傳來令人發寒的嗓音：

「子彈……只剩一顆了，我們一起走吧！」

砰！經過消音器的子彈貫穿兩名男子的身體。首爾市內喧嘩嘈雜的聲音蓋過了槍聲，無人察覺。

命令下達二十四小時內，常駐間諜二十一名死亡，中、下級間諜四名不履行命令，五四四六特殊部隊五名不履行命令，白頭組一名、黑龍組一名、五星組兩名。

「快的話兩天內就會有同志來找我們了。」海真快速轉動著手指說。

「那不成問題，來幾個人能出什麼事？」

靠著牆撥弄吉他琴弦的海浪回道。柳煥彷彿在向兩人重複確認般，加強語氣說：

「我再次強調，我們的目的不是叛命不從，只要能與黨聯繫，確認幾項約定，便會遵從命令。」

「應該不容易喔，我們已經違背命令了，你覺得他們願意聽我們的提問嗎？」海浪語帶不耐地說。

「海浪組長，先幫我把這大蒜剝了皮吧！」

海真對著正在調吉他音的海浪說道。三人聚集在柳煥房裡，海真與柳煥正在剝奶奶吩咐的蒜頭，海浪對海真放聲喊道：

「不要！」

柳煥一副整理完腦中思緒的模樣，再次開口道：

「我再次強調，絕對不能違背命令！即使有人要殺我們，也不可以與之抗衡，大家要銘記在心。」

「是。」

有別於海真肯定的回答，海浪喃喃自語道：「別叫我這樣那樣……」海真與柳煥再次聚精會神地專注於剝蒜頭，海浪則彈著練習中的琴譜獨自哼唱。

「合音巧妙地合了！」

此時，樓下傳來奶奶的呼喊聲：

「東九啊，蒜頭都剁碎了嗎？」

柳煥將頭探出窗外回答：

「沒，還沒！」

「是喔，太好了，留一些別剁碎啊！今天買了一隻好雞，我來做水煮雞吧，叫他們幾個吃飽了再走。」

海浪聽到這句話迅速將吉他放到一旁，立刻開始幫忙剝蒜頭。

命令下達後，金大佐與李武赫隊長在金日成綜合大學某間教室裡二度會面。李武赫隊長在空蕩蕩的教室裡等待金大佐。金大佐進入教室後，李武赫隊長彷彿等待已久似地開口道：

「金大佐，十五年前，教導人民思想的年輕教師把我叫來這裡。簡單地說，就是屈屈一名教授竟然因為有話要說就把共和國的隊長叫來。不過看在他是共和國最佳學者的份上我還是來了。結果，不知道他從哪裡得知的消息，竟曉得我當時創立的五四四六部隊，還說出了這些話。」

金大佐低頭想像當時的情景。

「『隊長您要做的事非常危險，千萬不能將沒有接受思想教育只培養戰鬥能力的幹員派去南韓。』這句話意味著我培育的戰士一旦到了新環境，變質的可能性很高，於是我回他：『那你就去監視他們，證明給我看！』當時我只是一時憤怒，衝動就將那位教授派去了南韓，但如今我終於知道，那位教授的話不無道理。今天早上……收到報告了吧？」

金大佐緊張萬分，當然，他早上已經接到有組員不從命尚未自盡的報告。李武赫隊長似乎沒有要等金大佐回答，自顧自地繼續說：

「我說過我相信你。金泰源大佐同志，就如你當初承諾的，親自去處理再回來吧！」

只許監視！絕對不許個別對戰！

「我來外送，嘿嘿。」

柳煥扛著一袋米抵達高爺爺家，高爺爺從二樓陽台走出來。

「東九來啦，這麼晚真不好意思，辛苦你了。」

「沒關係，嘿嘿。」

「先把米放到平床上，你來這裡看看。」

柳煥將米放好後，爬上通往二樓的階梯。高爺爺叼著菸，正在吞雲吐霧。時間已晚，村裡十分清幽。將柳煥晾在一旁，凝望著虛空處的高爺爺終於開口問：

「東九今年幾歲？二十五？」

「二十四，不，二十五，四，三，嘿嘿。」

「我曾有個像你這般大的兒子。年輕時我當刑警，老來得子，對他百般呵護，照顧得無微不至，偶爾甚至還想利用刑警的身份保護他。」

「嘿嘿，怎麼沒住在一起？」

「我管他管得太緊。被我一手掌控，他可能覺得悶吧，六年前自殺了。」

柳煥不曉得該如何回應高爺爺。雖然兩年間他從未與高爺爺單獨聊天，但他知道高爺爺兒子的事，因為掌握村裡每位居民的身世背景是柳煥真正的工作。根據他的調查，高爺爺兒子自殺後，夫人也隨即離開了人世。柳煥後退一步，凝視著叼著變短的菸俯瞰巷道的高爺爺。

——對他來說這是心底的傷痛，從未向人提起，怎麼會突然跟我說？

絕對不許對戰。直到本隊抵達前，他們的動線、接觸對象、攜帶武器等，只要監視到可以確認的程度回報即可。

海浪大步大步地朝家裡走去，拿著吉他的手今天感覺特別沉重。
「哎，面試會不會又不讓我通過？直接跟我說不就好了？搞什麼電話通知，幹，真煩！丟臉死了。」
獨自一人邊走邊嘀咕的海浪突然感覺後方有不妙的氣息，他迅速回頭確認，卻不見任何人影。他屏住呼吸仔細觀察巷道，從車底跑出一隻狗與他四目相交。
「小傢伙，原來這不妙的氛圍是你搞的啊！」
小狗骨瘦如柴，不曉得在街頭流浪了多久。海浪回頭再次走上回家的路，沒想到小狗竟跟在他身後不斷發出淒涼的哭聲，即使海浪想甩掉牠而加快步伐，也不見任何效用。
「呿！幹嘛老跟著我？快滾！」
小狗反而跑向轉身喝斥的海浪褲管邊，不斷用身體磨蹭撒嬌。
「我看你是餓了。但你找錯人囉，我也沒有吃的，我可是一個非常可怕的人，知道嗎？」
最後海浪放棄甩掉小狗，蹲坐在街上撫摸著小狗後頸。不帶任何疑心將自己託付給海浪的小狗不停搖晃著短小的尾巴。

「你都不怕我打你嗎？就只因為我可能會給你飯吃？我看你也是為了生存而賭上性命啊！」

尾隨在海浪身後的人們正躲在遠處巷弄中觀察他的一舉一動。

「回去路上小心，我是這禮拜的值日生，明天記得早點來幫我打掃！」

「喔，知道了。」

「如果東九那小子再對你做些奇怪的事，儘管跟我說，我幫你好好揍他一頓！」

海真隔著耳機同樣意識到周遭不尋常的氣息，夜晚從友俊家離開後，他刻意繞了月亮村幾圈，發現一直有人暗地尾隨在後。

「東九，我打聽過了。」

「嗯？什麼？」

「你的過去。我發現要找到你的資料還真不容易，電腦上顯示無法追縱，不斷出現錯誤訊息。雖然現在這時代科技已經很發達，但偶爾還是會出現這種情況，我當刑警時也遇過。要不是真的紀錄消失無法尋找，就是某個高層在開玩笑，再不然就是屬於不能知道的人物。」

柳煥斜眼偷偷觀察高爺爺的表情，他嘴上的菸已經燒到過濾嘴附近了。

——老頭，你太危險了。

「我是這麼認為啦，每個人都有自己的人生，若是想干預或束縛別人的人生是很辛苦的，所以只要從旁默默看著就夠了。東九啊，不論你是誰，曾經在哪裡做過什麼事，好人或壞人，你在這月亮村裡都是可以使人微笑、乖巧憨厚的雜貨店東九。至少，現在你在這裡是被人需要的。」

柳煥一度想以憨笑帶過，卻發現一點也笑不出來。他從高爺爺這番話裡感受不到一絲敵意。高爺爺將幾乎燒盡的菸蒂揉一下，轉過頭。柳煥趕緊回神，擠出平時的憨笑。

「你聽得懂我在說什麼嗎？」

「啊哈哈，太、太……難了……嘿嘿。」

看著用手搔後腦勺的柳煥，高爺爺嘆了口氣，默默拍了拍他肩膀。柳煥向高爺爺行禮道別後，加快腳步離開高爺爺家。

海真從兩天前起就感受到的詭異氣氛如今已變成確定的事實。他再次繞著村落，往人煙稀少的巷道走去，進入廢墟。

「進來！」海真開口道。

絕對不許對戰！

空氣中仍是一陣靜默。

「你們跟蹤我兩天應該也累了，進來吧，我故意挑了個人少的地方，安心出來吧！」

空氣間出現窸窣聲，最後有兩名男子半放棄地走出來。

「什麼嘛，這樣可以嗎？」

一名男子對另一名男子說。

「靠，有什麼不可以的？」

深夜跟蹤海真與海浪的兩人，接受到的命令只有一個：

絕對不可以與五四四六部隊組長級人員挑起對戰。直到本隊抵達前，他們的動線、接觸對象、攜帶武器等，只要監視到可以確認的程度回報即可。

「你看那小朋友有什麼了不起的，我們到底要躲到什麼時候？」

「好！反正都是要除掉的對象，我們先活捉他應該可以吧！」

海真取下耳機，向兩名壓低帽檐的男子喊道：

「報上所屬！」

短而有力的一句話讓兩名男子瞬間受到驚嚇。

「這小子再說什麼呢，我說你，小朋友同志，你分不清現在的狀況嗎？」

海真再次開口道：

「站在你們面前的小朋友同志是五四四六南派特殊部隊五星組第四大組長，與少佐階級相仿。報上你們的所屬！」

說完，海真立刻衝到男子面前。當他們發現監視的對象只是個十幾歲的少年時，左邊男子因為太大意而忘了遮住要害部位；另一位稱呼海真為小朋友同志的男子則在感受到海真移動的瞬間，便聽見了自己肩膀發出的喀啦聲。海真將兩名男子翻身撲倒在地，拗起他們的手臂。

「我不問第二次，如果不一次回答好，就一輩子別想再用手吃飯。」

「啊……小兔崽子，吃屎吧你！」

「另外兩位組長也有人在監視嗎？還是只有你們兩個？」

「骯髒的背叛者！怎麼話這麼多？直接殺了我們吧！」

就在男子說完這句話的當下，海真將男子的手臂扭轉抬起，骨頭發出的喀啦聲響亮地徘徊在廢墟裡。男子口吐白沫躺在地上引發痙攣。

「早該回答我的。」

海真本能地察覺這裡已不再安全。

——他們一定也有派人監視組長們，傳給黨的訊息至今沒有回應，看來這裡已經淪陷了。

海真逃離廢墟，腳步轉往柳煥家的方向。

子時已過，停靠在木浦港邊的一艘漁船上出現三個身影。雖然距離人潮往返的顛峰時段已有一段時間，這些人仍耐心地等待時機。到了約定的搭線時間，三名人士從漁船上站起，向港口傳遞信號。

站在船頭發信號的是五四四六南派部隊總教官金泰源大佐，白頭組第四大組長黃載伍穿著整套黑西裝，站在後頭的黑龍組第五大組長崔完宇則如影隨形地看著他們。接著，碼頭閃爍三四次光芒。

「看到了，他們準時抵達了。」

二十二時三十五分碼頭，一級南派間諜三人潛入，常駐間諜搭線！

一位男子從閃爍著手電筒燈光的地方走出來，身材矮小，頭戴低帽，身上的衣服也略顯破舊。男子隱藏著腳步聲，走到準備靠向碼頭的本隊面前低聲說：

「先移動到B區即可，身份證也為您準備好了。要直接去首爾嗎？還是從這裡開始？」

金大佐緊盯著男子，接著喊出黃載伍的名字。黃載伍透過手上的追蹤器確認發信位置，巴掌大的畫面上出現地圖與閃爍的三顆光點。

「三級目標有兩隻狗在附近，二級目標有一隻在兩小時的路程外。」

「黑龍組組長！收到身份證後去一趟，記得在作戰檢討完成前回來！」

崔完宇對金大佐的命令做出簡短的回應：「是。」

「一級目標的位置沒有變動嗎？」

黃載伍將機器上的地圖往上移，底下出現其他地區的畫面。畫面上有三顆小點不停地閃爍，不經意看會以為是一顆大點。

「是，沒有變動。」

「明天前與在地幹員匯集後進入作戰，出發！」

金大佐再次簡短地說明計畫，黃載伍與崔完宇兩人保持沉默，僅點頭示意。

柳煥結束高爺爺家的白米外送後，拖著拖鞋回家。走在空無一人的巷道裡，柳煥再次想起高爺爺的話：

「至少，現在你在這裡是被人需要的。」

雖然無法推測高爺爺究竟知道自己多少底細，但他說這句話時的表情，柳煥可以感受到他的真心。然而，這對柳煥來說卻是不可能的事。

——老頭，我……不可能與你們當朋友。

柳煥一如往常確認雜貨店的燈都關閉後，爬上樓梯，當他腳踩最後一階的瞬間，他突然停在原地不敢輕舉妄動。紅外線對準器正瞄準柳煥的左側太陽穴。

——察覺不到任何氣息，看來是連呼吸都屏住了，來頭應該不小。

「是誰？」

黑暗中傳來男子的嗓音：

「白頭組第三大組長徐水革，不准動，元柳煥。」

EPISODE 5

出征

「你是來殺我的嗎？」

「不，我有話想問你。不，正確來說應該是為了『建議』你而來。」

「建議？來建議的人怎麼會這種態度？」

「時機不對嘛，你就多體諒點。我不知道你第一次看到我會有何反應，所以才採取比較小心保守的態度，假如你答應我提出的建議，我會善待你的。」

柳煥沒做任何回應，等著聽徐水革要提出什麼建議。

「別引發危險的事，我們私下好好說可以嗎？」

「好。」

徐水革收起射擊姿勢後，柳煥才轉身正對他。

「好，首先我先向你道歉。這只是支雷射筆，跟你開玩笑罷了，抱歉。因為我站在暗處，沒想到你還真的被我騙了。」

徐水革手裡搖晃著一支雷射筆。

「你這小子！」

「呃，怎麼可以這樣對前輩組長說話？我可是比你早四年當上組長。」

柳煥被這個捉弄氣得牙癢癢，但也拿對方沒辦法。徐水革配戴的眼鏡突顯他銳利的眼角，穿著襯衫與西裝外套，看上去十分時髦。兩人悄悄打開房門，進入房間。

「別開燈，會被人看見。」

「這我知道。你究竟為何而來？」

徐水革打開窗戶望向窗外。站在月亮村雜貨店的頂樓，可以俯瞰整個村子。

「你還裝傻！從那天起已經過了四天，你我都還活著，就表示都沒有服從命令不是嗎？」

「我可不是。只要確認完幾件事，我會馬上聽從命令。」

「我來這裡七年了，關於南北我比你更熟。要共和國妥協？協調？沒那回事。那裡只有命令和服從。」

「那是同志你的想法，我比你晚離開祖國，我的判斷才是對的！」

「很不幸，你的判斷在未來也會繼續錯下去。」

徐水革優閒地靠著窗邊坐下，反觀柳煥則是以立正之姿直挺挺地站在房裡，仔細聽著徐水革的話。

「你現在的心情我比誰都明白。第一年，通常是憑著對共和國的忠心戰戰兢兢地度過；第二年，一定有想過關於分裂國家的悲哀；接下來就會開始感到混亂，覺得南韓人和共和國人沒什麼差別，即使生活水準有差，但都吃一樣的食物、說一樣的語言，於是開始對自己究竟在做什麼感到困惑……」

「同志你現在到底在說什麼？」柳煥緊張地問。

「你知道全世界的間諜裡最容易背叛的是哪一國出身的嗎？很不幸，是我們共和國。如果派出十名革命戰士，五名會死，一名僥倖存活，其餘四名則會成為南韓人。」

「所以你到底想說什麼？」

柳煥的聲音變得有些激動，他眉頭深鎖地對徐水革問道。

徐水革推了推眼鏡，將頭轉向柳煥說：

「坦白一點吧，這情況不會改善的。你不是也和我相同想法，所以才沒有服從命令活到今天嗎？你已經與這裡的人毫無分別了。在這裡，你即使像隻狗每天滾上滾下，也不會像在北邊那樣餓死。我們若是單獨行動會很危險，但若能集體行動就可以充分享受自己想要的人生。」

徐水革笑得自然，柳煥的表情卻愈漸扭曲。

「閉嘴，你這背叛的傢伙！竟敢說出這種狗話，就由我來處治你吧！」

「小聲一點。你仔細想想，依你現在的狀態，最後一定會死的。」

徐水革感受到柳煥越來越激動的情緒，他伸出窗外的手逐漸緊握自己的魟魚刀。

「你仔細想清楚……」

柳煥毫不遲疑地大聲喊道：

「我對於和你是相同部隊隊員的事實感到十分羞恥！我要親手處理你這個會成為同志們危險的背叛者！」

柳煥大聲喝斥並緊握雙拳。

「別這樣，不要輕舉妄動，我警告過你了，不許動。」

徐水革的眼神閃爍著駭人的光芒，柳煥閉上雙眼重新調整呼吸。過了一陣子，乍看像是要睜開眼睛的柳煥突然衝向坐在窗邊的徐水革，徐水革用手上的刀朝柳煥揮去。兩面刀刃都開鋒過，刀在徐水革手中旋轉一圈，刀身上有四個洞，可以將手指套進去。徐水革舉起刀猛力砍下，柳煥驚險地躲過這一刀跳了過去。徐水革對著後退一步喘息中的柳煥說：

「別再欺騙自己了，好好想一下什麼才是你的第一優先。南北關係光靠你們幾個是不會有變化的。」

柳煥聽完徐水革的話，當場愣在原地。

——什麼？南北？

徐水革向後退，將身體退出窗外。

「本來在這裡的三人都有機會，但剛剛你已經把其他兩人的機會也弄丟了。」

柳煥不敢輕舉妄動，徐水革說完便跳出窗外。柳煥隨即開門追上去，但徐水革早已逃到陽台，正準備翻越欄杆跳下去。他看見緊跟在後的柳煥，便從懷裡掏出一把槍。瞬間，兩人之間彷彿劃了一道隱形的線，柳煥停止腳步。

「別怨我，反正遲早會死，只是提前幾天罷了。」

徐水革看似心意已決，緊閉著雙唇，準備扣下板機。此時，他持槍的那隻手突然被某樣東西攻擊，原來是修理完尾隨的兩名男子後馬上來找柳煥的海真。原本靠著欄杆的徐水革瞬間與槍一同失去平衡，摔落在陽台下方的屋頂上。海真的攻擊毫無給人反擊的空間，迅速又精準。徐水革抓著對面屋頂的排水槽站起來。

「呵，這些蠢蛋，都告訴你們生存的方法了還……」

徐水革看著站在屋頂陽台上的柳煥與海真，喃喃自語道。但徐水革已經沒有充分的時間可以一口氣處理這兩人，他跳過屋頂，往村子出入口離去。

「您還好嗎？」

「嗯。」

柳煥踩上欄杆，看著徐水革的身影說道：

「那傢伙不單純，要把他抓回來，這腳程快的傢伙。我去撿掉在下面的槍，你去追他。」

「是。」

柳煥的眼睛沒有離開徐水革，緊盯著他的身影，將手放在身旁的海真頭上說：

「他是組長級的，不好對付，和你一樣敏捷厲害。追上後只要撐到我抵達為止，絕對不要正面衝突。別受傷了，等我，我會去找你的。」

海真從柳煥的手感受到一股暖意，那是如同對待弟弟般的觸摸。海真隨即起身追向徐水革，柳煥則走下樓梯巡視巷道。徐水革的槍剛好掉在建築物正下方，柳煥最後在巷子的小花盆裡發現那把槍，他撿起槍，想起徐水革手上搖晃的雷射筆。

——我太大意了。竟然會因為那個幼稚的玩笑而沒有對他搜身。不過，更重要的是他竟然說「南北」……簡單的對話裡，他竟然那麼自然地將南韓擺在前面。徐水革，徐水革，白頭組第三大組長……是組長前輩的名字沒錯啊！難道是偽裝成組長的南韓幹員？不會的，徐水革拿的是「魟魚」（黨配給每位組長等級人物的防禦用刀），那是只有組長才可以持有的個人刀，每把刀都是依照各組長的特性量身訂造，南韓幹員不可能自由自在地運用。

柳煥趕緊停止突然浮現腦海的想法，站起來。不論徐水革的真面目是什麼，他都必須加快腳步，畢竟讓海真一人面對還是有些吃力。此時，巷子底傳來人的聲響，柳煥急忙把槍藏於身後，一旦讓人看見他手拿槍枝，事情會變得一發不可收拾。

「東、東九？」

巷子底出現一個個頭矮小的人影。

「喔？這聲音是？」

「柳煥同志？是你沒錯吧？」

「尚久大叔？」

「是柳煥組長同志沒錯嘛！是我，是我啊！」

徐尚久的模樣幾乎和流浪漢沒有兩樣，全身髒兮兮的，衣服也破舊不堪，再加上滿臉亂糟糟的鬍鬚，讓徐尚久的臉龐看起來更顯憔悴。

「大叔您怎麼會在這裡，您不是回北邊了嗎？」

「對不起，同志，我只能找你幫忙了……」

被海真追趕的徐水革絲毫沒有要放慢速度的意思，他跳躍在屋頂上，逃向村子出入口。他比任何人都清楚海真的腳程有多快。瞬間，原本緊跟在後的海真突然不見身影，徐水革確認後說：

「一名跟來後消失了！一定是躲起來繼續追蹤我。別大意，在A點等待，我絕對會把他們一個個活捉起來。他是個速度極快的傢伙，一不小心可能就……」

話還沒說完，海真又出現在他的右後方，此時兩人的位置已經很接近幹員們等待的地方。

「這傢伙……」

徐水革為了引誘海真到A點而彎下腰，海真張開手掌，緊抓住徐水革的頭髮。被抓住後腦勺頭髮的徐水革照理來說應該會向後倒，但他仍不停地往前跑，原來海真抓到的是假髮。海真一瞬間感到錯愕，抬起頭瞪大眼睛注視著徐水革，隱藏在他假髮下的耳麥顯露出來。

——怎麼回事，為什麼？

「到了！抓住他！」

隨著徐水革的一聲令下，幹員們從巷道中衝出來。海真當時已經跟隨徐水革跑到巷子最後一個屋頂正準備跳下，下方就是村子出入口車輛行駛的大馬路，那裡已有三名持槍的幹員埋伏等待。

——這兔崽子，被陷害了！組長……怎麼辦？

「站住別動，臭小子！敢動我就開槍！」

幹員們持槍圍住跳下屋頂的海真，徐水革彎著腰不停大聲喘息後，起身回頭看向海真。

「呼，太驚險了，活捉一隻成功。」

「B點、C點，撤守！」

幹員們將槍口瞄準海真，將他雙手扭轉放於背後套上手銬，強行拉到黑色箱型車裡。徐水革站在車前與某人通話：

「是，部長，活捉到目標D3，他是意料外被引來的。沒問題，是，是資料上的人沒錯，其他再當面向您報告。」

海真看著徐水革的背影，努力回想他究竟是誰。海真對著準備將他推進車裡的幹員說道：

「那位同志！我記得你的臉，我在情報教育訓練的資料中看過，確定是白頭組第三大組長。你如果要背叛祖國，為何不悄悄地自己躲起來生活？竟然這樣出賣同胞，難道一點都不覺得羞愧嗎？你這個背叛者！」

徐水革講完電話轉頭看向海真，似乎有話要說，但還是把話吞了回去，對幹員們下令道：

「拉進車裡！」

「進去，這間諜傢伙！」

幹員們粗暴地強行壓著海真的頭，正準備打開車門時，海真突然抬起腳，頂住車門將身子向後傾，用頭朝幹員的鼻樑敲下去。

「呃！這臭小子！」

「抓住他！」

海真跳上箱型車車頂，幹員們隨即撲了上去。被上了手銬的海真行動不便，雖然面對全副武裝的幹員有些吃力，但他一心只想著再撐一下到柳煥抵達為止。

──組長馬上就要到了，只要再撐一下組長就會來救我了！他會來的，他說過他會來……

當他抬起腳準備朝撲向他的幹員頭部踹下的瞬間，一股強烈的疼痛感突然湧上，他的左大腿上插著徐水革丟擲過來的刀。海真咬著牙，忍著讓他想放聲大喊的疼痛。

徐水革抬頭看著海真說：

「是啊！你知道的徐水革正是我，所以我比任何人都還瞭解你們，但是『祖國的背叛者』這句話說錯了！我從來沒有任何一瞬間背叛過祖國，因為『這裡』就是我的祖國！」

「什麼？」

「雖然活捉間諜是第一優先，但像你們這種危險的一級間諜，在關鍵時刻直接將你們一槍斃命也不成問題！敢再不聽話就試試看，小心子彈馬上穿進你的小腦袋。」

徐水革的短髮底下是充滿殺氣的眼神。

——雙……重……間諜？

柳煥急忙離去後，徐尚久站在房裡，手上緊握著柳煥交給他的槍。

「拿著這個先回我房裡，我去解決一件棘手的事，馬上回來。」

徐尚久的臉色極為凝重。

——太危險……你們太危險了。

柳煥將槍交給徐尚久後，轉身朝海真追趕的方向跑去。與徐尚久的不期而遇耽誤了他好多時間。雖然柳煥健步如飛地跑到村子出入口的停車場，卻不見海真與徐水革的身影。他花費超過半小時找遍整個村子，仍不見半個人影。當初交代海真要撐著等他的正是柳煥，一股不祥的預感籠罩在柳煥周圍。

柳煥再次朝村子上方跑去，不停翻找每一條巷弄，他看見遠處高爺爺家門口坐著海浪與一隻狗，那隻小狗是在村子出入口與海浪相遇的，海浪正在餵食牠。

「固執的傢伙，最後還是被你跟來家裡。我呢，本來就出身不愁吃穿的家庭，但是你啊，一定要知道一件事：在我的故鄉，把珍貴的宵夜分給狗吃是根本不可能的事！不管是小孩還是大人，餓死的人滿街都是。你要知道，像你這樣搖搖尾巴跟著人就可以吃到東西，是因為你在這裡出生，要知福惜福啊！」

柳煥叫了獨自坐在昏暗大門口的海浪。

「敏秀！」

「東九，這麼晚了什麼事啊？你是在角色扮演嗎？」

柳煥氣喘吁吁地跑到大門前，劈頭就問海真的下落。

「哎唷唷，幹嘛來我這裡找那個每天只會跟在我們五星組組長屁股後面沒禮貌的傢伙？我可不知道。」

柳煥聽完海浪的回答又迅速轉身朝村子下方跑去。海浪看著匆忙離去的柳煥大聲喊道：

「喂，搞什麼啊！至少告訴我是什麼事再走吧！」

「之後再跟你說。」

朝村子下方跑去的柳煥停下腳步轉身說道。海浪站在原地，不知所措地看著柳煥。

「小心點啊，同志。」

柳煥說完便繼續朝村子下方跑去。

「那小子是吃錯什麼藥了嗎？淨說些吊人胃口的話……」

海浪摸著正在啃食吐司的小狗後頸，獨自嘀咕著。

柳煥回到村子出入口，站到高處俯瞰，仍找不到任何徐水革和海真的蹤跡，看來兩人都已離開了村子。柳煥走上大馬路，卻不知該往哪個方向找，他站在電線杆旁想喘口氣而彎下腰，赫然發現腳邊有鮮血的痕跡。

載著海真的車穿過大橋底下，車裡包含海真總共四人，兩名幹員坐前座，海真與徐水革坐後座。海真被刀子刺了的腿滿是鮮血，但他在移動的過程中仍面不改色。

「我看你還真會忍，年紀輕輕居然如此訓練有素，看來你應該也知道這傷口並不致命。現在是想向我證明即使年紀小也是個組長嗎？」徐水革凝視著窗外說。

「從何時開始的？什麼時候潛入共和國的，從小嗎？」海真問道。

「我沒有理由回答你，也不必將國家機密告訴一個俘虜。不過，當然還是可以視情況而定，如果你願意全力配合我們，就另當別論。」

「少廢話！要命就給你命，我絕不會出賣祖國。」

「年輕人說話真粗俗。五四四六部隊本來就是個失敗品。將戰鬥能力視為第一優先的部隊竟然要負責間諜活動？這本身就很有問題。傑出的間諜最重要的資質是什麼？戰鬥能力？蒐集情報的能力？當然不是。這些條件雖然都很重要，但並非『最重要』。理想的間諜首要條件是，不論在任何情況下，都絕不會對祖國變心的那份忠誠。」

車子行駛在空蕩蕩的八線道上。徐水革沒有回答海真的提問，但他腦中不斷盤旋著此事的答案。

從何時開始的？

被徐水革捧在懷裡的相框顯得特別巨大。照片中的男子像是特地為了拍攝大頭照而梳理打扮一番，身穿平整無痕的黑西裝，面容嚴肅，不帶一絲笑容。

「水革啊，我們該……送爸爸走了。」

沒有弔問訪客的喪禮會場，水革已經守在那裡三天了。一名男子走向坐在會場外椅子上捧著父親遺照的水革，水革好不容易張開乾裂的雙唇說：

「四年前媽媽事故去世，當時我還太小，但現在我明白了，媽媽不是單純因為事故而離開的吧？」

男子沒有回應，只是默默看著水革，幫他沾濕乾裂的雙唇。

「我一直以為爸爸是個平凡的上班族。所以媽媽也知道嗎？」

男子猶豫了一下。對年紀還小的水革來說，要一下承擔所有事實實在太殘酷。男子當下說出了心中準備已久的話：

「水革啊，我可以理解你的心情，但你要以爸爸為榮啊，他是國家的英雄。」

「英雄？什麼英雄連喪禮都得偷偷舉行？大叔，雖然我年紀小，但我知道這世上最珍貴的就是家人。我不明白爸爸做的事有多偉大，偉大到比家人還重要。」

「水革啊……」

「我明白大叔的意思，也知道爸爸生前做的事很偉大，所以我想試著理解他一次，體驗看看爸爸做的事是不是真的比家人值得。直到可以徹底理解爸爸為止，我想嘗試看看。」

男子緊緊抱住早已淚流滿面、分不清是鼻涕還是淚水且不斷壓抑著哭聲的水革。

「組長，組長？您有在聽我說話嗎？」

坐在前座的幹員連續叫了徐水革好幾聲。

「我們已經開離五公里了，如果再繼續前進會被北韓那群人察覺。以他那樣的狀態……」

徐水革打斷幹員的話，說道：

「停在沒人的地方。」

轟轟！車子停靠在郊區一個四處無人的地方。徐水革下車後，幹員們也將海真拖下車。海真為了確認地理位置而環顧四周，但深夜裡只見高大茂盛的樹木與雜草。這裡似乎是個地勢較高的地方，可以看見遠方市區內燈火闌珊。海真原以為會被帶到他們的地盤，結果沒有。

徐水革對一名幹員問道：

「掃描的結果如何？」

「左腰處有反應，我來操刀嗎？」

徐水革沒有回應，直接對海真說：

「聽清楚了，年輕組長，很慶幸的是你們還有選擇權。但如果你繼續這樣沉默下去，不是被嚴刑拷打至死，就是入監服刑。二，即使幸運成功逃出去，也會被北邊的同志逮捕，同樣是死路一條。三，只要配合我們就能活命。你們三人都還沒闖過大禍，幾年後就可以過自己想要的生活。」

海真緊咬下唇，仔細聽著邊說邊轉身背對自己的徐水革的話，後方則有全副武裝的幹員維持警戒，監視著海真。徐水革還沒說完：

「既然那個國家不要你們，就將它丟棄吧！這樣做就行了。」

「話還真多……偉大的共和國革命戰士是絕不會屈服於骯髒的南韓豬！少說廢話，直接殺了我吧，這狗娘養的！」

海真在徐水革還沒說完前就緊咬牙齒大喊道，他的氣魄足以使幹員們全都繃緊神經。此時，徐水革轉身持刀朝海真衝去，準確地刺進海真左腰處。銳利的刀鋒刺進肉裡帶來極大的疼痛，海真瞳孔頓時放大，徐水革一手捧住向後倒的海真頭部說：

「我瞭解你的意思了。別動，再偏一點可能真的會喪命。」

徐水革將毫無嘶吼、咬牙苦撐的海真平放到地上，再將手指放進他傷口的皮膚組織下。徐水革動作迅速敏捷，前後不到十秒鐘，抽出的手裡拿著銅板大小的晶片。

「別亂動！要是出血過多真的會死，臭小子！」

幹員們扶起反抗的海真，推進車後座。

「組長，這裡有保溫瓶。」

徐水革將追蹤晶片放進保溫瓶裡說：

「確認過溫度了吧？掉到二十度以下信號就會終止。不只位置，這還可以確認生死。放進箱子保溫再埋到難找的山中，應該可以撐個一天。」

旋轉著保溫瓶蓋的幹員說：

「這小子真能撐，只有身體掙扎，竟沒叫過一聲。」

徐水革隨意擦拭著沾了血漬的雙手，注視著道路下方閃爍的燈火。一會兒後，他沉重地開口說：

「給他打個止痛劑吧，很會忍不代表不痛。」

整理完四周後，箱型車轉往市區的方向駛去。

柳煥回到徐尚久等待他的房裡。連鞋子都沒穿就急忙跑遍村子尋找海真下落的柳煥，腳上有著明顯的血跡。徐尚久緊張不安地觀察柳煥的表情後，小心翼翼地開口道：

「柳煥同志，我們……是不是不能繼續待在這裡了？」

「不管到哪裡都很危險不是嗎？」

「同志，還是……」

「今晚就先等待吧，一切都會沒事的。」

徐尚久無法和柳煥繼續說下去，他從柳煥臉上讀到既複雜又果斷的心情。
「知道了，我也只能相信你了。」
柳煥坐著一動也不動地陷入沉思，徐尚久則側身弓起背準備入睡。

隔天早晨，海浪揹著吉他開啟大門，前一晚在門前睡著的小狗對他直搖尾巴。
「幹嘛，你不會是在等我吧？」
小狗吐著舌頭像在等待主人一般，乖乖地坐在原地。
「這畜生，瞧不起我嗎？我說過了，我是個很可怕的人，自己都自顧不暇了，快去走屬於你的路吧！」
海浪隨便踢踢腳想趕走小狗，但毫無用處，小狗反而更欣喜地在他身邊不停地繞圈圈。
「啊，真煩人！咦，那是警察局吧？喂，有隻狗一直跟蹤我，快幫幫我吧！什麼？流浪犬動物保護處？我不知道那是哪裡啦，幹！」
海浪頭也不回地朝巷子下方跑去，後方傳來小狗緊追在後的聲音。為了擺脫小狗，他不斷穿梭於巷弄之間，小狗卻始終搖著尾巴緊跟著他。揹著吉他的海浪最後還是舉了白旗投降，小狗在一旁吐著舌頭用頭磨蹭海浪的褲腳。

「呼，你就那麼想被我教訓嗎？我是真的覺得丟臉才沒跟大家說，其實我也是個可憐人啊！不但面試一直沒有通過，還賺不到生活費，是個只能省吃儉用的間諜。所以你別這樣，去找別人吧，拜託了！」

此時，一輛黑色休旅車開進海浪所在的巷子，氣氛瞬間凝結成冰，海浪後退幾步走到大路上，將狗推到身後。

「不好意思，問一下路。」

駕駛座的門打開，傳來低沉的嗓音。海浪為了確認小狗是否有乖乖待在身後而轉過頭去，正眼也沒瞧對方一眼就回答：

「我剛來這裡不久，不清楚。」

「真是怪了，我看你應該知道才問你的。」

男子的聲音聽起來不大尋常，這時海浪才回頭正視男子。坐在駕駛座的男子緩緩從胸前掏出一把槍說：

「去平壤的路……你不知道嗎？」

透過眼鏡可以看到黃載伍卑鄙的眼神，海浪嘴角上揚，露出優閒的神情說：

「哈哈，看來是我誤會了，那裡嘛……我當然知道！」

偵訊室裡，攝影機隨著海真的移動精準地轉動側錄著。只有一張桌子，眼睛被蒙住的海真被綁坐在椅子上。徐水革透過半透明的鏡子注視著海真的一舉一動，同時與部長交談。

「如何？」

「想也知道他不會說的，現在連治療都拒絕了。」

部長看著海真說道：

「試試其他方法呢？例如藥物……」

「不只藥物，任何方法都沒用。五四四六部隊組員每天按照三餐接受苦不堪言的訓練，若不是出自他本人的意志，任何方法都無法逼他開口。」

「但他也是人啊，能撐多久？更何況他年紀還小。」

「他們不是人，是禽獸。您看過禽獸被嚴刑拷打後說出人話的嗎？」

海真因為疼痛而不斷陷入昏迷，為了提振精神，他不停地用力深呼吸。徐水革看著這一切，微微挑弄了一下眉毛。

黃載伍將手伸出窗外，槍口指向海浪。轎車與海浪距離不到一公尺。

「舉起雙手，慢慢走過來，開後車門上車。」

「真是的，問路的人還要求這麼多！」

海浪油嘴滑舌地說，低頭看了看身邊的小狗，小狗搖晃著尾巴抬頭注視他。

「你看，就跟你說吧，你找錯人了，快去找其他人吧！」

小狗彷彿聽得懂海浪的話，應了一聲又將頭歪向一邊。海浪把吉他袋放到地上，舉起雙手，走近車邊說：

「怎麼不直接殺了我，幹嘛這麼複雜？怎麼，隊長同志要你們活捉嗎？不是的話，就是要神不知鬼不覺地處治囉，對吧？」

「閉上嘴，快過來！」

「啊，這小子，是你叫我慢慢走的耶！」

母親：

我不曉得能否再寫信給您，我接了一項大任務，變得比較忙。母親，我一定會站在祖國統一的第一線，打造讓母親與我國人民都能吃飽喝足的幸福共和國。我……我一定會活著回去。也願母親身體安康。等哪天好日子來臨，我一定會回去找您……

黎明時分，柳煥將趴在地上寫好的信整齊折疊後裝進信封。地上的矽膠墊下堆疊著許多沒能寄出的信。自從海真和徐水革失蹤後，柳煥就幾乎沒有好好闔眼睡過。蜷身睡在房間一角的徐尚久，從一早就感受到柳煥在房內的一舉一動，但仍不為所動地躺在角落。柳煥站起身，透過窗戶俯瞰村子。

——以後還能在這房裡迎接天明嗎？

柳煥在心中想著，過了今天，自己是否還能在這房裡欣賞窗外風光，但很快就發現這只是個毫無意義的念頭而擠出一絲苦笑。他得去找海真，還得與前來找他們的人對話。柳煥比誰都清楚，這件事正如他信中所寫，將會是一件「大事」。

「東九，趕緊掃地啊！還在睡嗎？」
樓下傳來奶奶的聲音，柳煥重新整理表情後答道：
「好！我現在就下去，嘿嘿。」
海浪走近轎車一步說：
「喂，白頭組組長，我看你現在應該過得很不錯吧！當初跑贏你的五星組組長元柳煥同志到這村子兩年多了，但他應該還是你心中永遠未拔的刺……不過即使五星組組長不在，你的實力和背景還是比我差，所以總感到自卑嘛！」
黃載伍眉頭深鎖，額頭爆出青筋。
「現在剛好有機會可以將我們兩人一起幹掉，你還不動手在幹嘛呢？你不是一直想當一號組長嗎？」
「閉嘴，同志。」
海浪故意說這些話刺激對方，黃載伍的表情變得扭曲不堪。海浪沒有錯過他表情變化的瞬間，並同時觀察著周遭的情況。
——看來只有他一人。透過輪胎胎壓可以看出車子的微動都是黃組長造成的。車裡沒有其他人！只要想辦法讓這傢伙惱羞成怒，再找適當的時機……幹，太危險了。

海浪在腦中盤算，為了爭取時間，他繼續說：
「現在這距離，你閉著眼睛開槍也射得準，消音器也裝上了，只要向上頭稟報是我堅決抵抗，你逼不得已才開槍的就好，何必那麼猶豫不決呢？直接扣下板機吧，我願意奉陪！」
「這狗娘養的！那麼想死的話，好啊，讓我親手處決你吧！」
黃載伍彷彿隨時就要扣下板機一般，肩膀使盡力氣。
「開槍啊！對嘛，小孬孬，你能贏我的方法也就只有這條路，開槍啊！」
「呵，李海浪，你是誤以為自己是什麼了不起的人物嗎？實力？背景？隊長同志的兒子？我呸！不過是個被遺棄的小老婆私生子，這狗娘養的！」
「你這兔崽子……」
「你以為隱藏這件事就不會有人知道嗎？隊長同志拋棄的女人，也就是你母親，像個乞丐一樣四處翻找垃圾堆裡的廚餘吃，然後在豬圈裡把你生下來的不是嗎？啊，這件事所有組員都知道啊！臭小子，今天就如你所願，送你上西天吧！」
黃載伍舉起槍準備瞄準海浪，突然，一個白色物體咬住他持槍的手臂，原來是那隻一直在海浪腳邊搖晃尾巴的小狗。
「這畜生！」

伴隨著一聲尖叫，小狗被重重地摔到地上。此時，海浪抓準機會，朝黃載伍的肩膀重擊並說道：

「放開牠！我就給你奪取性命的機會。」

被抓住的黃載伍像在思考下一步一般，嚥下一口口水。這時，傳來有人走進巷子的腳步聲。

「小雞。」

「啾啾。」

原來是村民與小毛頭們。黃載伍迅速甩開海浪的手，搖上車窗。

「很快我們就會再見面的，同志你總有一天會死在我手裡。」

黑色笨重的休旅車急速駛離巷子，海浪輕輕撫摸躺在腳邊發出陣陣哀號的小狗後頸，小狗因為黃載伍那一下重摔不堪負荷地躺在地上不停抽搐。

「我說過了吧！你應該挑人跟的，傻子。」

小狗舔著海浪的手背，溫暖的水氣透過小狗的舌頭傳到海浪心裡。

海浪心知肚明，真正讓他不是滋味的並非對方舉槍對著自己想奪取他的性命，而是對方的那番話讓他倍感憤怒。填不盡的無限思念使得海浪更加堅強，卻也促使他成為危險人物。

——媽，您一張照片都沒有留下，沒穿過一次好衣服，沒吃過一頓飽餐就離開人世……我當初以為只要活得越危險，在更危險的地方像個瘋子一樣活下去，總有一天或許還有機會見到您。結果如今我真的成了一個危險的傢伙，您看到了嗎，媽？

海浪蹲在地上撫摸著小狗好長一段時間。

柳煥走下樓，看見奶奶放在一旁的掃把，便拿起來開始打掃雜貨店前的路。過沒多久，友蘭從巷子上方走下來，她的上班時間總是精準無誤。柳煥看著友蘭，對她露出一臉憨笑，友蘭則紅著臉不發一語地經過他身旁。

「友蘭！」

聽見有人呼喊自己名字而感到驚訝，友蘭立刻轉身回頭看去，柳煥開口道：

「友俊是妳唯一的家人，以後若是在外面受了什麼苦，多和他商量。」

「咦？」

友蘭從柳煥的嗓音中找不到絲毫東九的影子。

「友蘭小姐的弟弟已經是個可以依靠的男人了，所以，以後有什麼事也不必再獨自往肚裡吞。」

友蘭睜大眼睛看著柳煥驚愕不已，同時，柳煥後方傳來宏亮的嗓音：

「喂，東九，你這小子，又想跟我姊搭話……」

友俊從後面跑來準備一如往常地打柳煥後腦勺，但今天柳煥突然將身體往旁邊稍微閃躲了一下，並以掃把的木棍處往友俊頭頂敲下。柳煥咧嘴一笑說：

「尹友俊，少打架，多讀點書，那才是真正保護你姊的方法。」

柳煥拋下面露錯愕神情的友俊和友蘭，獨自走回店裡。

不久後，柳煥抓住準備去上學而經過雜貨店前的治雄與成珉，將一張萬元鈔票與一箱香腸條交到他們的小手上。小鬼頭們彷彿看見陌生人般呆滯地抬頭仰望柳煥。當下柳煥領悟到，原來自己也曾羨慕這些孩子可以享受自由，並隱約感受到有別於這兩個小鬼頭的惡行，他們早已和東九有著密不可分的情感。

——來往這條巷子的人們……他們有多少家人、家境狀況如何等，所有芝麻蒜皮的大小事我都一清二楚。雖然這是任務之一，但我也在不知不覺中知道了太多。

柳煥放著鼻涕直流、不知所措的孩子們不管，再次回到店裡。奶奶已經準備好一桌早餐，坐著等柳煥來開動。

「吃吧！」

柳煥今天特別反常，目不轉睛地注視著奶奶。奶奶看著這樣的柳煥問道：

「怎麼？飯太少了嗎？」

柳煥看著滿臉皺紋的奶奶，心想究竟該說什麼適當的道別話。但在這很可能是最後一頓早餐的情況下，他找不到那句「適當」的話。

「大……嬸，我……要走了。」

「嗯？去哪？」

「回去……原本的地方，今天。」

桌上是柳煥最愛吃的牛肉湯。柳煥原以為奶奶可能會問他究竟是誰、為何而來、又要往何處去等問題，但出乎意料地，奶奶完全沒有多問，只是默默聽著柳煥的話後開口道：

「湯要涼了，至少把飯吃完再走，別在外頭餓肚子，快吃吧！」

柳煥腦海閃過各種念頭，瞬間放鬆緊繃許久的肩膀。

之後將近十多分鐘的時間，餐桌上只有餐具不停移動的聲響。吃完飯，奶奶趁柳煥收拾餐桌的空檔，從房裡拿出一套衣服放在地上。

「東西放著不用整理了，你過來。」

「這是什麼？」

「看也知道是衣服啊！這是你兩年前第一天來這裡時穿的，我幫你洗過才收起來，應該還可以穿。」

「大嬸……」

奶奶沒有正視柳煥的雙眼，默默地走到電視前坐下，不停轉動著電視頻道。

「內口袋裡有一本存摺。這段日子你一定在心裡抱怨我給的錢太少吧？雖然我知道你不是會亂花錢的孩子……但老人家本來就喜歡這樣自作聰明，你就拿去吧！」

柳煥將手伸進西裝內口袋，掏出奶奶說的那本存摺。奶奶緊盯著電視畫面看，頭沒轉向柳煥那兒過。

「這東西我沒辦法收，工作又沒做得特別好，您留給斗錫哥吧！」

「臭小子，斗錫他爸過世後，我一個人帶著流鼻涕的斗錫來這村子，就算被人說是講話惡毒的老太婆，我也咬牙拉拔他長大。十幾年來一直用收訊不良的古董電視，到現在也還沒個像樣的店鋪看板，但我還是可以讓孩子不愁吃穿。所以你不用擔心，拿去用吧，沒那些錢我們也能過得很好。啊，這該死的電視怎麼又轉不出來了？」

奶奶不停轉著那台古董電視的轉台鈕，柳煥靜靜凝視著奶奶的背影說：

「大嬸，您拿這錢去做手術吧！再拖下去，說不定真的活不久。」

奶奶突然愣住，久久沒有說話。

「斗錫……應該還不知道吧？」

「嗯。」

「你就拿著這筆錢，什麼都別說快走吧！這就是讓我長壽的唯一方法。遲早都會離開的傢伙……別說了。」

柳煥無話可說，正確來講應該是心裡還有很多話，卻再也說不出口，奶奶也一樣。電視因為無法對準頻率而不斷發出雜音。

「那……您保重身體。」

柳煥拿起西裝，留下簡短字句便走出房間，他聽見奶奶在房裡繼續轉動電視轉台鈕的聲音。

「這討人厭的電視……」

柳煥假裝沒有看見奶奶駝背的身影，走出廚房，爬上自己的房間。此時，徐尚久已在裡頭等著柳煥，柳煥交給他一個黑色塑膠袋。

「是麵包，先墊墊胃吧！」

「啊，謝謝。」

柳煥取出奶奶幫他收好的西裝，那是兩年前他從基地出來時穿的，宛如全新一般整齊潔淨。柳煥走到陽台，將亂糟糟的一頭長髮剪去，隨著一根根髮絲落下，身為東九的兩年時光也跟著一同逝去。徐尚久走出陽台說：

「那我就先去你說的地方了。」

「嗯，路上小心。」
柳煥看著徐尚久的背影，脫下身上每天穿的那件鬆垮運動服，換上白襯衫。
樓下傳來蘭大聲喧嘩的聲音：
「老太婆！大嬸！東九先生！都沒人嗎？大嬸！有人在嗎？」
奶奶打開雜貨店的窗戶。
「啊，有人啊！大嬸，我要一包菸！」
「今天不做生意。快戒菸吧，臭丫頭，這不成材的丫頭……」
奶奶兩眼通紅，責備完蘭後再度將窗戶關上，蘭傻傻地愣在原地嘟起嘴巴。
「我又怎麼了？快給我菸，大嬸，快給我！」
柳煥走下樓梯對蘭說：
「菸對身體不好，戒了吧！」
「喔？東九？哎唷！」
蘭看見穿著黑西裝筆挺的柳煥驚訝地不斷大喊。剪了短髮，柳煥的五官更加立體，他拿著一桶糖果罐，裡面是他這段期間存下的錢。
「天氣轉涼了，還穿這麼少嗎？」
柳煥走向蘭，將她的衣服拉鍊往上拉。

「好了，再怎麼對自己的身材有自信，女孩子還是小心一點。」

「東、東九先生，你……」

「來，這給妳，這點錢應該夠妳花了。」

柳煥交給她糖果罐後再次翻找衣服口袋，又交給她一張紙。

「這個，是妳被領養走的孩子住處，雖然有點遠，但去找她吧！要是再拖個一兩年，只會越來越辛苦。既然現在已經知道她的下落，不妨鼓起勇氣一次，穿好衣服，戒掉菸，像個媽媽那樣。」

蘭還沒將摺疊的紙條打開，眼眶已經掉下斗大的淚珠。柳煥把交給蘭錢罐與地址視為最後一件事，整理了過去兩年他以東九身份生活的所有點點滴滴。

「好好照顧自己。」

柳煥頭也不回地往村子出入口走去。

「哎呀，算我二十吧！」

「哈，不行啦，說好二十三的，現在又這樣……」

「哎呀，幹嘛呢，我都親自來了，至少幫我扣掉交通費吧！」

說好要向海浪買吉他的學生一屁股坐在村子出入口，抱著吉他和海浪討價還價。

「我說，這位學生，那是我花三十萬韓元買的，還用不到一個月耶！是新的，全新！都說要送你吉他箱了，怎麼能親眼確認了還在這裡跟我哭鬧？」

「這在網路上最低賣到二十七萬耶，直接算我二十啦，不是二十我不買，二十！」

海浪看著對他手比二的學生，努力強忍心中逐漸燃起的怒火。但看學生抱著吉他的架勢不是個普通角色，最後海浪還是放棄，以二十萬成交。

「好，拿去吧，算你二十！」

海浪不甘願地說出這句話，此時，另一頭傳來熟悉的聲音：

「海浪，在幹嘛？」

是柳煥，他正朝大馬路走下來。看見柳煥一身整裝打扮，海浪發出淘氣的口哨聲。

「哎唷唷，這是誰啊？真稀奇，要去哪？」

「你要賣吉他？如果為了錢還是算了吧，沒那時間讓你待，這裡不能再待下去了。」

海浪在柳煥還沒說出下一句前就已經掌握到他的意思。柳煥的表情非常鎮定。

「準備一下吧，該來的還是來了。」

「我有料到，剛剛我也碰上一件事。」

海浪從學生手中搶回吉他，放進袋子。

「啊，大叔，幹嘛這樣？那二十二！」

「算了，臭小子，去買全新的吧！」
兩人放任哭鬧的學生不管，走向村裡的小公園。

聽完海浪述說遇見黃載伍的經歷後，柳煥問：
「你是說黃載伍組長？」
「嗯，看來那小子還是充滿自卑。我們要怎麼辦？」
「去見總教官同志。見面後問他我們犧牲性命是否真是為了共和國，還要確認家人後續會如何安排。」
「你有帶槍嗎？」
「沒，我們不是要去正面衝突的，我們不是反叛者。」
「你瘋了嗎？那邊派來的人可是要奪取我們的性命，你卻要我視敵為友？那種事還是你自己做就好了！還有同志，我從沒說過我會聽命於你，即使你是一號組長，也不准命令我這樣那樣，因為我從沒承認自己輸給你。」
海浪爬上溜滑梯坐下，像個孩子般喃喃自語道。聽完海浪的話，柳煥開口說。柳煥比誰都要瞭解海浪有著單純的一面。
「我們兩人在最後那場組長競賽上……」

「幹嘛提這事？我可沒有輸！要不是教官同志突然插進來喊停，我一定會贏的！」

海浪表現著我行我素的特質，抬頭挺胸意氣風發地對柳煥說道。柳煥打斷他的話：

「是啊，你會贏。」

「什麼？」

「當時我的側腰被你打到，根本沒有力氣握住刀子。正好教官同志前來阻止，如果繼續下去，我今天可能就不會站在這裡了。」

「你說真的？」

「是啊！」

「我就說嘛，我就知道是這樣！哈，好，幸運當上一號組長的元柳煥，你的計畫是什麼，快說說。反正人生就這麼一場，衝吧！啊，但一定要今天離開嗎？」

「怎麼了？」

「明天就會公布面試結果……哎，算了，反正一定又落榜。」

海浪從溜滑梯上跳下，說道：

「走吧，我們先走再說！」

偵訊室裡瀰漫著冰冷的氣息，海真卻不停冒著冷汗，臉上的眼罩被汗水濡濕，襯衫右側則有乾掉的血漬。徐水革說：

「硬撐沒有好處的，你們時間所剩不多，北邊已經派了殺手下來，我很瞭解你們，你們都是未被打造完成的幹員，不必苦撐。」

海真依然緊閉雙唇不願鬆口，彷彿沒有聽到他的話一般不做任何回應。

「我們不希望你們死掉。你們是為了生存而受訓的幹員，並非為了效忠國家，不能為了這種事情喪命。」

海真打從心底不打算做任何回應。此時，門突然打開，一位幹員匆忙喊道：

「組長！捕捉到目標移動的顯示了。」

原本快要昏倒而彎下腰的海真，聽到這句話後頭部微微抬起。徐水革回頭看向衝進房裡的幹員，簡明扼要地下達命令：

「只許四名現場幹員移動！記得請求支援在旁等待，告訴監視的幹員別再接近目標。」

「是。」

「準備逃亡路徑和鎮壓據點，三十分鐘內壓縮到五個！」

「是！」

接著，海真聽見椅子被往後拖的聲音，以及厚重的皮鞋腳步聲。徐水革正準備走出偵訊室。

「也……帶我……」

虛弱無力的聲音傳進徐水革耳裡，他停下腳步。

「也……帶我……走……帶我去見組長……」

「哈，終於肯說話啦！很抱歉，你必須在這裡一五一十地陳述並接受治療，那才是你該做的事。」

徐水革才剛說完，海真彷彿馬上就能起身一般晃動椅子，偵訊室的鐵製桌椅發出尖銳的聲響。海真用令人難以想像他身負重傷的氣魄大喊道：

「我在這裡一句話都不會說的！帶我去，帶我去見組長！若要我拋棄祖國我願意！我可以幫你們把北韓那些傢伙通通逮捕！或者把我當成人質再殺了我也可以，拜託你，帶我去！」

EPISODE 6

執著於某件事

柳煥與海浪再次沿著蜿蜒曲折的巷弄朝村子山頂走去。

「先在容易找到彼此的這村裡第一次接觸，確認雙方能否溝通。」

「別浪費力氣了，什麼溝通？一定會直接被槍殺的。」

海浪的推測或許是對的。但因為不想排除掉其他可能，柳煥才會在前一晚將他所有的槍都交給徐尚久。

清晨太陽升起前，柳煥還沒把槍裝進行李袋託付給徐尚久之前，徐尚久對柳煥拋出一個突如其來的問題：

「你……會死裡逃生嗎？你們會選擇活下去嗎？」

「您的意思是……」

「你們是世界頂尖的人才，只要下定決心，任何情況都能存活。所以我想問你，在這種情況下，你決定活命？還是為國犧牲？」

柳煥無法輕易回答這個問題。

「對方也是菁英中的菁英。最重要的是他們願不願意給我們溝通的機會，是死是活，要視情況而定。」

「你應該知道溝通的機會可說是微乎其微吧？」

「我不確定。一直以來我只收過無論如何都要拚命活下去的命令，這是第一次有人叫我直接自盡，我已經分不清究竟哪個才是對的。或許我應該拚命奮戰、保住性命也說不定。」

「那你是想活下去……是啊，這才是人類啊！如果要活下去，不就得將後面那些東西打包一下？」

徐尚久指向衣櫥後方問道。那裡放著柳煥的十三支槍。

「現在還不行，如果帶著那東西，恐怕連溝通的機會都沒了。雖然還是要以防萬一，但先持槍就表示我們要反叛，我得想想其他方法。」

「那麼……這樣做如何？」

此時此刻柳煥想徐尚久應該已經抵達要去的地方，便對海浪說：

「兩公里外有個工地，他先帶武器去那裡了。工地已經停工，如果我們走到最糟的狀況，可以去那裡跟他會合。」

「所以我們先待在這兒，然後問對方：『能讓我活命嗎？』假設對方還是執意要我們死，再移動到工地決一死戰，這樣嗎？幹嘛這麼麻煩，直接在這裡對決不就好了！」

海浪拉高分貝激動地說。柳煥回道：

「這是我們自己的事，這裡有這麼多居民，不能因為軍人之間的問題讓村民身陷危險。如果溝通不順，我們就移動到四下無人的地方再決定下一步。」

「你不是說工地離這裡有段距離嗎，我們要怎麼過去？他們應該會開車追來，難道要靠兩條腿？你不是說海真那小子也被南韓人抓走了？」

「我會解決移動的問題，也會找出小組長的下落。現在就是為了解決這些事才跟你在這裡不停地走啊！」

柳煥一直用餘光掃視後方，兩人加快腳步直達巷子底。尾隨在柳煥與海浪身後的幹員頭戴帽子，緊跟著他們走進巷子。跟蹤期間柳煥與海浪偶爾交談幾句，沒有特別異常之處。確認兩人轉進巷子後，幹員透過耳麥報告現況：

「兩名目標不具危險要素，可以繼續跟蹤……」

「本部下令撤退。」

報告尚未結束，另一頭便傳來命令。

「監視幹員全員即刻撤退，到車輛處等待。」

接收完畢後，戴帽子的幹員像是終於鬆口氣般發出「呼」的一聲。此時，後方出現黑衣人一把揪住幹員的後頸，眼前出現一把刀，架在幹員脖子上。柳煥從後方對他說：

「身高一百七，穿制服的少年，你知道我在說誰吧，是你們帶走的嗎？」

搭乘黑色休旅車移動中的徐水革說道：

「那天晚上我本來要抓五星組組長元柳煥，沒想到歪打正著抓了你。原以為只要說服他一人，你們倆自然也會跟隨他，現在你們的活路只剩一條，就是投降並配合我們，你可要好好記住。」

這些話是坐在前座注視前方的徐水革對堅持要一同到場的海真說的，然而海真並沒有回應。對海真來說，見到柳煥是他目前第一優先的事。

——你們抓不到組長的，組長身體裡應該也有發信器，我必須告訴他這件事。

車子沿著空蕩蕩的道路繼續行駛。

同一時間，徐尚久抵達與柳煥約定的場所：一棟只蓋到一半的建築，鋼骨外露，奇形怪狀地豎立在距離村子有一段路程的工地裡。徐尚久獨自穿過空無一人的工地，一步

步朝幽暗漆黑的建築內走去，啪嗒啪嗒的腳步聲在四處迴盪。

——母親，今天，我或許……會被殺。不，是……我會為國犧牲。只要能保障您的生活，這條命我隨時都願意奉獻給祖國。母親……我已經十多年沒見到您了，非常抱歉，我已經記不起您的臉。我是個不孝子，再也沒有我這種不孝子了，但願您可以原諒這個不孝子。

天空被烏雲籠罩，原本晴空萬里，晌午一過突然變天，依稀可以聽見遠處雷聲轟隆作響。

一輛休旅車沿著月亮村巷子行駛而上，強烈的引擎聲穿梭在巷弄間，車裡的人一一確認房屋上標示的紅色星星，繼續朝山頂行駛。沿著密密麻麻的村子，穿過垃圾巷，直到路盡頭、月亮村最頂端的那棟建築物上都有星星標示。駕駛急踩煞車，停在建築物前，烏雲移動到月亮村上方，天空頓時一片黑暗，雨水開始滴下。休旅車前座的門被打開，金大佐與黃載伍神色凝重地走下車。

喀啦一聲，建築物的門被打開，金大佐與黃載伍走了進去。柳煥隱身在暗處等待金大佐的到來，他將剛抓到的徐水革手下綁在柱子上，在黑暗中對金大佐默默行了舉手禮。

「臭小子，還有什麼臉行禮！」

「黃組長！」

金大佐制止黃載伍後開口道：

「好久不見，五星組組長。」

柳煥放下手答道：

「大佐，您好嗎？」

「很好。」

「很抱歉邀您來這種荒涼破舊的地方，只有這裡比較空曠。」

金大佐看著柳煥問道：

「還記得我說過的嗎？我們要是再見面，只有兩種可能……」

「是，記得。」

柳煥在黑暗中想起離開基地的那天與金大佐道別的景象：今後你我再相見，只有兩種情形，一是祖國統一，不再有階級之分，你我稱兄道弟；二是成為敵人，互相殘殺……

「五星組組長元柳煥，我已經給同志們守住自尊的機會，雖然我人都到這裡來了，但我不怪你們。我再給你們最後一次機會，好好把握這份榮幸，聽從偉大祖國的命令，光榮地自盡吧！」

金大佐表情沒有任何變化，柳煥也同樣面不改色地回道：

「請容我確認一件事，無論出於哪種理由，只要為了共和國，我隨時都願意犧牲性命。但我想知道身在故鄉的母親日後能否繼續受共和國照顧？」

「話怎麼這麼多？你們已經是叛徒，獲得最後的自盡機會就要感恩了！」

黃載伍厲聲喝斥。金大佐沉默不語，柳煥等著金大佐的回答。

「大佐，請您回答我。」

「我們是軍人，身為軍人，服從就是最高美德。面對祖國的命令是不許談條件的，別問那麼多，服從命令就是了。」

這不是柳煥想要的答案。

「我的要求並不過分，我只希望家人……」

「五星組組長元柳煥！你敢再說一句，我就即刻處決你！」

金大佐的回答聽在柳煥耳裡只是「迴避」。柳煥再次問道：

「那我改變提問，我母親，還活著嗎？」

「黃組長，解決他！」

黃載伍掏出裝好消音器的手槍，此時，躲在門後持刀的海浪向黃載伍衝去。

「你看，我說過了吧，什麼狗屁溝通！」

黃載伍千鈞一髮之際避開刀子，但後退時身體失去平衡，海浪趁機用膝蓋朝他持槍的手腕狠狠撞過去。

「死兔崽子！」

黃載伍急忙閃躲海浪劈砍而下的刀子。海浪熟練地操弄著刀子說：

「看吧！都說你不行了，同志你一輩子都贏不了我的！」

話才剛說完，海浪臉右側就出現金大佐揮來的手掌。他一把掐起海浪的脖子，緩緩將手抬起，海浪的雙腳跟著離地，騰空掙扎。金大佐的大拇指緊緊壓迫著海浪的頸動脈。

「黑龍組組長，過得還好嗎？我看你也是不肯乖乖從命嘛！」

正當海浪持刀的手準備用力時，金大佐另一手抓住海浪手腕，一扭轉，瞬間刀子直接滑落在地，金大佐大喊道：

「黃組長，繼續處決！」

「是！」

黃載伍轉身準備扣下板機的瞬間，柳煥突然將他手上的槍往身後拉。通過消音器的子彈伴隨著厚實的聲響卡進後方的水泥牆上。柳煥趁黃載伍扣在板機上的手指放鬆力氣時，猛烈地朝他側腰重重揮了一拳。目睹這一切的金大佐將海浪丟到一旁，柳煥扶起摔倒在地的海浪說：

「快走！」

海浪緊握手腕逃出建築物，柳煥轉身獨自面對金大佐的攻擊，沒想到踢出的一腳卻被金大佐一把抓住。

「我不是教過，攻擊不要用大動作。」

金大佐撿起海浪掉落在地的刀，夜幕低垂的月亮村下著細雨，建築物的鐵門響起厚重的撞擊聲，老舊鐵門應聲倒下，柳煥飛出建築物外，摔落在地。金大佐打算當場處決柳煥。柳煥感受到肩胛骨後方傳來陣陣疼痛，原來是金大佐刺下的刀正中他背部。一臉雨水的柳煥咬牙撐著，必須重新平衡身體才站得起來。此時，經過建築物前的小雨傘下兩名小朋友正好與柳煥四目相交，是治雄與成珉。

原本在建築物裡對柳煥虎視眈眈的金大佐與黃載伍瞬間也愣住了，斜眼緊盯著發出小孩說話聲的方向。

「東九？真的！是東九！」

「喂，東九！下雨呢，你在那裡幹嘛，又在做什麼骯髒事嗎？」

治雄大聲喊著，將手裡另一把傘打開走向柳煥。柳煥著急地喊道：

「呃，對！所以你……快點走！」

「嘖嘖，髒東九。」

治雄毫不理會柳煥的勸退，直接將傘罩在柳煥頭上。

「笨蛋！幹嘛每次都淋雨啊！來，這給你，這是我媽的傘，今天特別讓你撐，我們快點回去雜貨店吧！」

幾公尺外，金大佐與黃載伍在建築物裡看著這一切，治雄毫不知情地靠近柳煥為他撐傘，並催促他一起離開。

必須想辦法將這兩個孩子送離這地方。一心只想著無論如何都不能傷害到他們，柳煥甚至忘了自己背上正插著刀且血流不止。柳煥看著為了幫自己撐傘而半邊肩膀溼透的治雄，這兩個想要守護笨蛋東九的孩子表情格外認真。頓時，柳煥似乎知道自己究竟在懼怕什麼了。

——原來我是害怕改變……如果我也有那個人，當我走在回家的路上突然下起雨時，理所當然會拿傘來接我的那個人，不知道會怎樣？我不曾擁有的，身為一位戰士根本不需要的，身為人類所欠缺的那個東西，我希望不是憐憫。

「你們媽媽應該說過吧，不只下雨，無論發生任何事都想守護你們，原來是這樣嗎？原來……大家都是這樣嗎？」

小鬼頭好像沒有聽到柳煥的喃喃自語，自顧自地說：

「哥，媽媽呢？」

「我們今天比較早出門，先帶東九回去再接媽媽也來得及。」

「那東九揹我！嗯？好不好？」

柳煥用手按壓著太陽穴，在建築物裡看著柳煥身影的金大佐察覺柳煥會為了保護這兩人而不再反擊。柳煥手扶著額頭，微微張動嘴巴，彷彿有話要說。

「背對村子出入口的宵夜店家，左手邊的大街……是喜歡這兩個小鬼頭母親的大叔家。經過跟我們雜貨店一樣沒有看板的木工廠，再經過每次外送都會送我到門口的美秀家……再走五十公尺左右爬上頂端……」

金大佐在幾公尺外監視著柳煥的一舉一動，他無法確定柳煥究竟在跟誰說話。柳煥繼續用手扶著額頭說：

「綠色大門的對面，塗著紅色星星的地方……」

金大佐隱約發現原來柳煥的手腕上裝有麥克風，他著急地對黃載伍說：

「動作快！」

但這已是柳煥將最後的位置都交代完後的事了。柳煥見金大佐察覺到自己有麥克風，便將麥克風拔起厲聲喊道：

「想抓我們就快來啊，南韓卒仔！」

「黃組長！」

金大佐一聲令下，黃載伍舉起手槍扣下板機。柳煥撲向前方的治雄與成珉，以身體護著將他們撲倒在地，接著拔出插在背上的刀子朝建築物裡丟去，沾著鮮血的刀剛好擦過黃載伍臉頰，插在後方的牆上。

「這……活得不耐煩的傢伙！」

黃載伍的臉頰滲出幾滴鮮血，柳煥趁這空檔趕緊抱起兩個小孩，跑向建築物前的空地，直奔大馬路。黃載伍緊追在後，連開了好幾槍，一顆子彈掃過柳煥右肩，柳煥跌坐在地喘息著，為了不讓孩子們進入黃載伍的射程範圍，他將他們緊緊抱在懷裡。後方傳來黃載伍重新填裝子彈的聲音，接著是砰地一聲。

「快上車！」

黑色休旅車停在柳煥面前，是海浪。柳煥急忙打開後車門，將兩位小朋友先推進去。

「幹嘛帶這兩個小鬼頭啊？」

「開到安全的地方讓他們下車就好了！」

透過駕駛座車窗，可以看見被車衝撞後搖晃起身的黃載伍。

「幹，抓緊了！」

柳煥連車門都還沒關好，海浪已經急踩油門衝了出去。他們聽見黃載伍發射的子彈碰碰碰地打在車身上的聲音。

「哇，南韓作戰車原來是防彈的啊！哇賽，哈哈。」

親眼看著海浪的車子逐漸遠去，黃載伍眼前突然出現金大佐的休旅車。

「上車！」

「對、對不起。」

收到柳煥的訊息而出動到建築物前的徐水革與幹員們，發現一輛搖晃不穩的車，正是海浪與柳煥乘坐的車子。

「是我們的車！」

徐水革沒有追逐那輛車，而是直接目送他們遠去。後頭緊跟著出現另一輛車飛也似地與他們擦身而過。當下，徐水革清楚看見駕駛座上的熟悉臉龐，金泰源總教官。

海浪駕駛的休旅車發出噪音奔馳在天雨路滑的巷道間，開進人多的地方後，車子急忙停駛，開啟後車門。

「下車，快！快點！」

柳煥將孩子們丟下車般地推出車外。

「啊！不要推我，東九，你怎麼了？」

「嗚嗚，哥。」

弟弟開始放聲大哭。

「東九，你過來！」

但柳煥完全沒有時間再跟搞不清狀況的小鬼頭們耗。

「黃治雄！聽清楚了，你該關心的人不是我，是你弟和你媽。像個哥哥一樣，像個長子一樣，知道嗎？現在給我立刻揹著成珉跑，快！」

看著柳煥可怕的表情，治雄與成珉都嚇傻了。柳煥話還沒說完車子便已開走。治雄乖乖地揹起成珉奔跑，隨即又出現一輛休旅車緊跟在海浪駕駛的車後方。

徐水革與幹員們急忙移動到車輛正在待命的村子出入口。

「作戰車輛G7，作戰車輛G7，要求定位！目標車輛逃離中！A點待命組，聯繫李光勳，李光勳！」

「是，組長。」

停靠在村子出入口，與海真一同在車裡等待的幹員透過無線電回應道。

徐水革大聲喊道：

「車子的逃離路徑哪一條最有利，立刻追蹤待命，兩分鐘內抵達！」

「啊？為什麼？發生什麼事了？」

同坐車裡偷聽無線電內容的海真，碰巧目睹車窗外急速轉彎朝大馬路揚長而去的車輛。坐在一旁與徐水革交談的幹員喊道：

「幹！搞什麼，那是我們的車啊！快來吧，組長！」

已經超過下班時間且下著細雨的道路顯得格外淒涼。海浪將車子行駛進八線道，撞上分隔島後轉了一圈更換線道，車體大幅度搖晃。金大佐的車子緊追在後，黃載伍焦急地打了電話：

「崔組長，崔組長！所有人在移動！堅守崗位！」

在建築物裡等待黃載伍電話的崔完宇低聲說：

「暫時等待。」

後方暗處有十多名壯漢正等著崔完宇一聲令下。

雨越下越大，海浪與柳煥的車駛進和徐尚久說好的工地裡，瞬間已不見緊跟在後的金大佐車輛。海浪將車子停在空地問道：

「是這裡沒錯嗎？」

下車後，他們抬頭仰望建築物，五樓處有人正向他們揮手，是徐尚久。柳煥確認了徐尚久的信號後，與海浪一同走進建築物。

「手還好嗎？」

柳煥問跟在身後的海浪。

「大概扭回來了，還能動，你呢？有被子彈射中嗎？」

「只是皮肉傷，你那把刀也剛好沒刺中骨頭。」

「所以……現在開始就是戰爭囉？幹，早知道我們就該先出擊才對。」

「他們有槍，我們只要做些對應的射擊就好，盡可能想辦法製造別的出路，再試著協商看看吧，目前還不是最糟的狀況。」

「瘋子，你別傻了！」

海浪聽了柳煥的話後大聲怒斥。

「如果還是不行，就隨你便吧！」

柳煥一步步踏著階梯，由衷地希望最糟的情況不會發生。

「就是這裡了。」

爬上樓梯後迎接兩人的是徐尚久。

「您說過從這可以逃往旁邊那棟建築吧？」
柳煥一見到徐尚久便開口向他確認。
「是啊，施工設備幾乎都連在一起，可以相通。」
「耶，有槍，你們死定了！」
海浪跑向放在角落的行李袋，急忙拉開拉鍊。
「咦？什麼，不是說有槍嗎？」
柳煥轉頭看向海浪，海浪拉起行李袋不停地翻找。
「這是什麼，你確定是這袋子？同志你在跟我開玩笑嗎？用這個怎麼打！」
海浪丟來的行李袋裡只有三四塊穿著洞的磚塊，但那確實是應該裝著十三支槍的行李袋。柳煥驚愕地喊道：
「大叔！」
柳煥的表情頓時凝結，一同回過頭的海浪也緊咬牙齒。徐尚久正用襯衫衣角擦拭著他的黑色膠框眼鏡。
「呼，實在花太久時間了，以一個教授對共和國隊長提出一次真言的代價來說，這時間真的太長……」
他把鏡片擦得非常透亮，柳煥感覺脊背發寒。

「柳煥同志，我啊，可說是非常確信，對我提出的主張極有自信……當你們成為完美叛徒的這瞬間，才終於能證明我當初提的主張是對的。為了等到這一天，不曉得花了多久，呼，坦白講我自己也不曉得你們會變得這麼『像個人』。」

徐尚久抖了抖襯衫，戴上眼鏡，原本下垂著雙眼在村裡扮演善良大叔的形象早已消失得無影無蹤。

「歡迎，我是在金日成大學教導人民思想的徐尚久教授。偉大共和國的大叛徒，現在心情如何？」

柳煥深信不疑的徐尚久原來就是當初對李武赫隊長提出建言的金日成大學教授。徐尚久身後出現一群黑色人影，看著他們，柳煥突然面色慘白。身形巨大的崔完宇一站到徐尚久後方，海浪也開始眉頭深鎖，雖然他幾乎低頭不語沒有直視前方，但光看他高大的身形便能認出是崔完宇。

「只是給你飯吃就變成南韓狗的傢伙！你們根本不配當偉大共和國的革命戰士！」

徐尚久大聲咆哮，面部扭曲變形，流露出邪惡卑鄙的厭惡表情。

「沒有什麼逃亡路徑，這裡就是你們的墳場！」

車子開進工地，金大佐和黃載伍不疾不徐地下車，金大佐是在木浦市與徐尚久搭上線後，按照計畫將柳煥一行人聚集到一起的。金大佐不發一語走進建築物。

緊跟在他們後面的徐水革也抵達了工地。雖然耳麥裡不停傳來幹員們要求支援和確認定位的聲音，但徐水革腦中只浮現金大佐銳利的眼神。如今，一級間諜與訓練他們的金大佐齊聚一堂，看來作戰規模會比徐水革想像得還要大許多。坐在車後座的海真有著接下來將面臨一場血腥風暴的不祥預感，不寒而慄。

外面的雨勢看似還要下好一陣子，奶奶坐在雜貨店前的平床上，雙眼發愣地看著下雨的街道。奶奶第一次發現昏倒在地的柳煥時，也是像今天這樣下著大雨，見到沒有傘而淋著雨的柳煥，奶奶將他帶回家相處了兩年多的時光。斗錫出門上班後，獨自坐在雜貨店守著店鋪的奶奶，突然發現自從柳煥住進來以後，她再也沒有感到孤單過。

「該死的傢伙，應該又沒帶傘……」

奶奶身旁的平床上整齊擺放著東九先前穿的那雙舊拖鞋。

EPISODE 7

守護的對象

崔完宇聽聞海浪已經回到訓練所，氣喘如牛地跑上訓練所後山。海浪躺在山頂一棵大樹下，用手帕覆蓋著臉，遮擋從樹葉間灑下的陽光。

「是誰？副組長嗎？」

「組長，一、一個多月不見……您什麼時候到的？」

「別吵我，自行訓練！我今天不參與訓練。」

「明、明天……聽說您……明天就要去南韓……」

「已經聽說了？」

手帕下的海浪咧嘴一笑。

「為何……您不告知組員……」

「幹！又不是什麼大事，幹嘛來打擾我午睡！」

「組、組長，您的頭髮！啊，組長，您的臉！」

「這是我任務的角色設定，怎樣？我是去整型了，不行嗎？」

海浪扯下臉上的手帕跳了起來，染成金色的頭髮與尖挺的鼻樑令崔完宇錯愕不已。

「臭小子，真煩人。要是我不在了，你就能升組長不是很好嗎？」

「組、組長，我、我……」

有別於他高大壯碩的體型，崔完宇說起話總是結結巴巴。

「你這臭小子，我不是有教你話別說太長嗎？再這樣下去我看你永遠都改不掉結巴的習慣。先想清楚要說的話，再簡短地說！」

聽完海浪的話，崔完宇闔上雙眼，重新整理思緒。

「去的話……預計何時回來？」

「哎，傻傢伙，會回來嗎？嗯？你以為南韓是什麼後花園？你有看過之前出征的組長回來過？」

崔完宇面有難色地接住海浪朝他丟來的手帕。海浪說話總是很直接，對崔完宇和黑龍組來說，他無庸置疑是最佳組長。

「我是太悶了才故意要去的。別找我，如果這任務有趣我就繼續幹下去，沒意思的話就去其他國家。」

「那、那不就是，叛逃……」

海浪看著神情嚴肅的崔完宇說道：

「臭小子，怎麼話這麼多？我愛做什麼就做什麼，你少管我！你不知道我本來就是這種人嗎？你好好做你自己的事，我照我的意思做就對了。從今以後我們不能再相見，再見面就只剩短兵相接！」

崔完宇無法回應海浪的話，從山上俯瞰，訓練所顯得格外孤寂。

柳煥與海浪必須面對徐尚久與崔完宇等十多名壯漢，崔完宇幾乎是低著頭不敢正視海浪一眼。海浪露出笑容對他說：

「哎唷，崔同志，好久不見啊！很好嘛，當上組長了嗎？都說你我別再見面了，這是在幹嘛？」

徐尚久代替崔完宇再次開口道：

「你們今天的背叛將成為共和國軍隊內部的警訊。小小的犧牲換來極大的教訓，其實也是件好事，這樣安慰……」

一塊磚頭朝徐尚久的臉飛去，正好砸中額頭，瞬間流下一道鮮血。

「呃，這、這是在幹什麼！死兔崽子，找死嗎？」

手持磚塊左右搖晃的海浪說：

「屈屈一個小教授，怎麼能打斷共和國戰士們的對話？你不是叫我把這當武器嗎？看在你的誠意上當然要用一下囉！」

「這……狗娘養的傢伙！如果真想活命，向我跪地求饒都來不及了，你們難道沒看到我後面那些同志嗎？」

徐尚久大聲咆哮。

「在金大佐同志抵達前，我就是這裡的指揮官！我的一句話可是會左右你們這群兔崽子的生死！」

「那又怎樣？難道討好你就能讓我們活命嗎？旁邊那位崔同志，是個原本就不喜歡拿槍的傢伙，後面那一、二、三、四……哎呀，管他的，大概十人！我看他們人手只有一根鐵棍或鐵叉，看來還不到用槍的時候，不然就是連槍都沒有發給他們。喂，我說徐教授，你把我們當什麼了？我怎麼看都覺得抓得住我們的人……只有一位？」

海浪的臉扭曲猙獰。海浪與柳煥的氣勢就連十多名壯漢和徐尚久都能感受得到。

「光靠這幾個連像樣的武器都沒有的傢伙，就想取五四四六部隊組長的命，想得美！」

徐尚久和後頭一排壯漢同時後退卻步。崔完宇依然低頭迴避海浪的視線。

「死兔崽子！不要臉的傢伙，你那股傲氣會讓你縮短性命的！好啊，我這就讓你去死！」

隨著徐尚久的一聲吶喊，壯漢們拿著傢伙衝出來。柳煥看著眼前的景象默默閉上雙眼，雖然憤怒感早已蔓延全身，他仍毫無戰鬥的意願。

——這天終於來了，我們究竟為何要過這種人生……

「抵達現場！抵達現場！打擊部隊何時抵達？」

無線電耳麥裡傳來：「八分鐘後。」

逐漸變大的雨勢讓幹員們幾乎要對著麥克風吼對方才聽得見。徐水革抵達工地入口，對幹員們下達指令：

「只准狙擊組就位，打擊部隊在後方一分鐘距離處待命，都掌握好了嗎？」

「是！由於暴雨，人數不好精準掌握，推測應該有十五名。」

「進入！」

徐水革看了工地內一眼，便向後方的幹員比了信號。

此時海真與幹員坐在車內，只剩下一位幹員坐在後座盯著海真，他對呼吸急促的海真說：

「別動歪腦筋，我們只是為了以備不時之需才帶你來的，最好給我乖一點，這裡沒你的事。」

海真的手被手銬綁在身後，他坐在後座一動也不動吞吞吐吐地說：

「我尿急……總不可能……尿在這裡吧？真的很急。」

幹員無法卸下懷疑之心，觀察了海真好一陣子才掏出槍將他放出車外。

「身體放鬆！敢做傻事就死路一條！」

海真一跛一跛地走到車頭前，幹員靠在引擎蓋上看著海真喊道：

「幹嘛愣在那裡？快尿！」

「手銬……幫我換到前面吧，不然就來幫我……」

「什麼？真囉嗦。」

解開手銬的期間，幹員一直舉槍對著海真。手銬一解開，幹員緩緩後退一步說：

「來，現在自己在前面扣上，慢慢來。」

海真不發一語地照著幹員的指示將雙手放在身前，再次扣上手銬。比起手被銬在身後，現在他更能順利地維持身體平衡。

「同志，你還真謹慎，即使是身體負傷的對象……你看，這樣行了吧？」

海真舉起上了手銬的雙手讓幹員檢查，幹員才終於把槍放下，重新倚靠回車頭引擎蓋上。

「快尿，間諜小子。之前鬧得人仰馬翻，怎麼不早像這樣乖一點多好。你能活命的方法，就是配合我們……」

海真在幹員還沒說完前就撲向他，雖然幹員後退了幾步，但仍在海真的攻擊範圍內。海真彎起膝蓋，頂住幹員的頸部往上踢，幹員頓時彈到車子擋風玻璃上，海真左大腿的傷口再次爆出鮮血。

海真調整呼吸，比起傷口帶來的疼痛，無法自由活動更痛苦。建築物裡全是從北方南下來取柳煥與海浪性命的人，以及徐水革與幹員們。他必須盡快找到柳煥。

「組長，我有個問題一直想問您，您可曾後悔過……成為共和國戰士這件事？」

「沒有。」

「是喔，那究竟是什麼原因讓組長變成這樣？」

「我有必須守護的對象：共和國和母親。沒有這兩者，我不確定能否撐到今天。」

「是嗎？組長，要是沒有這兩者，您會變得怎樣呢？」

「嗯……我想一定會身心俱疲吧，也有可能會再尋找其他需要守護的對象……雖然我不知道會是什麼，但對我們這種不可能有普通人際關係的人來說，頂多就是組員了吧？」

「小傢伙怎麼淨說些奇怪的話？人生就這麼一回，精采地活一次再帥氣地離開不就好了！」

海真回憶著三人齊聚在柳煥家屋頂上聊天的內容，多少也體會到究竟是什麼原因讓他撐到最後，能夠從極端的訓練中存活，同樣也是因為有某個他想守護的東西。在海真的腦海中，比起思考身為間諜該對任務與祖國抱持的責任，反而出現了更人性化的疑問。諷刺的是，他在敵國與柳煥和海浪一同相處的時光，竟是他人生中無比平和的時候。海真跛著腳跑進建築物。

建築物五樓到處都是慘不忍睹的景象。海浪面對手持武器衝向前的一群壯漢，猛力揮動拳頭和雙腿。被磚頭砸中的男子表情痛苦猙獰，發出陣陣哀號，海浪朝他再次猛踢一腳。因下雨而潮濕的建築物裡散發著濃濃的血腥味，海浪手握的磚頭不停滴下鮮血。徐尚久驚恐地往後退，焦急地說：

「我說，崔組長同志，他、他們……竟然只有一個人就、就……這、這是真的嗎？」

牙齒被踢掉的男子痛得在地上打滾，從海浪臉上可以窺見一絲喜悅。

「什麼嘛！臭小子，現在你是要我一個人搞定這些小毛頭嗎？」

海浪轉頭望向站在一旁發愣的柳煥說道，但柳煥卻像出了神一般雙眼呆滯。

「李海浪，我們要不要直接死了算了？」

海浪沒做任何回應。

「或許你說的沒錯，我們已經沒有回頭路了，還在做毫無意義的期待。既然結果不會改變，還有必要手染同志們的鮮血活下去嗎？至少為了在故鄉的母親……她老人家都還健在，而我卻這麼落魄不堪……」

海浪聽到柳煥這番話後，嘴角上揚地說：

「死腦筋！所以我才說不能和傻小子鬼混，要不要告訴你一點我這個被共和國高層拋棄的私生子所得知的五四四六部隊機密？你應該知道階伯將軍[5]當初為了出征一場大戰爭，親手殺了自己的妻小吧？好不容易打造的人類兵器，要是見到家人或間接接觸到家人，你覺得會怎樣？」

「什麼？」

「被選為隊員的人，家人通通都會被關進政治犯集中營，讓他們絕對沒有機會與親人相見。如今已經過了十多年，如果他們還活著，算他們幸運。」

頓時，柳煥的瞳孔放大，身體不自覺地顫抖。海浪斜眼瞪著徐尚久大喊道：

「喂，徐教授，你應該知道吧？快跟這位五星組組長說明一下啊！叫他放棄那不必要的希望！」

徐尚久咬牙切齒地說：

「一群沒出息的傢伙，多愁善感是當不成革命戰士的！誓死要為共和國實現夢想的戰士竟然只因擔心家人就動搖，那跟小孩子有什麼兩樣？你們的愛國心只值這些，所以才會變成這副德性！」

海浪再次向站在徐尚久身旁的崔完宇問道：

「喂，崔完宇，你有個妹妹吧？你也一起認清事實吧！」

面對海浪突如其來的發言，徐尚久驚慌地說：

「不許胡說！崔組長，不要相信他，那只是叛徒說的狗話！」

崔完宇的表情被藏在壓低的帽檐下，他緩慢開口道：

「我只是遵從共和國的命令，其他我不想知道。」

柳煥渾身無力地癱坐在原地。

「哎唷唷，你看看，這像話嗎？所以我才到現在都沒跟你說，實在是……快起來！你要看我繼續一個人應付這些傢伙啊？」

「母……親……」

看著柳煥落寞的神情，海浪撿起地上的鐵鎚，沉重且佈滿尖刺的鐵球將水泥地劃出一道長痕。

「哎呀，怎麼辦呢？我沒有地方可回，也沒有想守護的對象，從一開始就只是想自

5 古朝鮮王國百濟的一位將領。

己一個人來這裡忘掉那些雜事。」

海浪緊握手裡的鐵鎚。

「所以我不可能感傷，我要攻擊囉！」

「那、那傢伙！崔、崔組長，快阻止他！」

徐尚久緊張得不停顫抖，轉身後退了好幾步。

「小子，讓我看看你進步多少吧！」

海浪朝崔完宇衝去，鐵鎚碰撞的聲音不停穿刺耳膜，崔完宇用雙手迎接海浪揮出的鐵槌，海浪的肩膀可以感受到從崔完宇巨大的身軀傳回來的厚實震動，那力量不容小覷。脫下上衣，崔完宇的雙手手臂到手肘都有鐵鍊緊緊捆住，原來那就是崔完宇的個人刀，魟魚刀。有著尖銳突起鉚釘的魟魚刀與崔完宇的龐大力氣組合成致命的武器。海浪打量著崔完宇的手臂說：

「啊，我忘了，你現在是組長了吧？所以……同志你選的魟魚刀是這個嗎？少在那邊耍帥了！只有力氣大的怪物，你太遲鈍了。」

海浪靈活地將身體往前傾，瞬間，一個貫穿肩膀的衝擊力讓他跌倒在地。嚓！嚓！隨著肉皮的撕裂聲，海浪身上的衣服也被鮮血染紅。開槍射擊海浪的是躲在崔完宇身後的黃載伍，他默默露出卑鄙的笑容。

「這……兔崽子……」

海浪緊緊按住側腰。

「呵，小子……才這點……距離，竟然也……射不準頭部……」

「臭小子！只有那張嘴靈活，我是故意沒瞄準頭部的。雖然你們遲早都是死路一條，卻不能將你們一槍斃命。再加上，直接殺死你不是太無趣了嗎？呵，即使你再多挨幾槍，只要不是致命的地方，就不會立刻死掉……」

黃載伍話還沒說完，站在一旁的崔完宇突然朝海浪跑去，狠踹了腳步踉蹌的海浪一腳。目睹這一切的黃載伍不停地在一旁竊笑。崔完宇冷漠地看著彎腰口吐鮮血的海浪，曾經，他是崔完宇依賴且信任跟隨的唯一對象。

只要沒有訓練時，海浪就會跑到基地後方的山上度過時間。因此，每當崔完宇發現海浪不見蹤影時，就會上山把他帶回去。某天，海浪坐在崔完宇肩上回去時問道：

「副組長，你沒有想做的事嗎？有沒有什麼願望？我看你每天只知道傻傻地接受訓練。」

「啥？」

「想做的事或想成為的人，我不要『忠誠於共和國』這種理所當然的回答，你說說看。」

「我、我，沒什麼……」

坐在崔完宇肩上的海浪用手彈了一下他的頭頂，催促著他回答。

「故、故鄉有個……妹妹，我的家人……只有她，現在黨在……照顧她……所以還好……但是等到哪天……她要是嫁人了……我想為她蓋個……小房子。所以我才一次都……沒有申請領出……慰勞金……」

「呿，一個月才幾千塊，存起來能做什麼？」

「那可是一筆大、大錢。只要再存一下……一間小房子應該可以……組、組長因為家境富裕所以不曉得，這對人民來說是……一筆大錢。」

海浪對崔完宇的單純感到一陣不耐。

——笨蛋，你以為你領得到黨在管理的慰勞金嗎？

「那、那組長您……有什麼心願？」

海浪像是陷入思考一般，再次問崔完宇：

「你妹妹幾歲？」

「十、十七歲了。」

「長得如何？跟你像嗎？」

「不、不大像，不像我這樣……她很嬌小……也漂亮。」

「很好，那我的心願決定了，就是娶你妹妹當老婆！」

「啊？不、不行，那、那個……」

「怎麼？嫌我不好嗎？」

海浪與崔完宇閒話家常，邊聊邊回去基地。

——我的心願只有……從所有事情中解脫。

崔完宇用他的大手掐住海浪的脖子將他抬離地面，海浪笑著說：

「哈，還……真有你的。所謂共和國戰士，就是要這樣……」

柳煥仍坐在一旁茫然若失的樣子；黃載伍依然舉著槍，殺氣騰騰地注視著海浪；海浪緊咬著牙努力撐著；崔完宇看了看地面，彷彿有話要說般動著雙唇。當海浪四肢開始顫抖，原本掐住海浪脖子的崔完宇瞬間稍微鬆開手力。

「我有……一個問題……要問您，不久前……一名小兵……給了我一封……信。信裡寫著……不可置信的內容……那是我非常熟悉的……筆跡。」崔完宇開口道。

「你在……講什麼狗話？」

「如果那封信的內容屬實……我左思右想……會那麼做的人……只有一個。將我妹妹從集中營裡救出來的人，是組長您嗎？」

「臭小子少廢話，快殺了我吧！」

雖然崔完宇一直低著頭，海浪仍可以猜到隱藏在帽檐底下崔完宇的表情。

徐水革與兩位幹員跑進建築物，裡面的通道只有階梯。

「報告情況！」

「現場周圍管制完成，打擊部隊待命中。狙擊組因暴雨阻礙視線，就位還需要五分鐘。」

「材誠，去看看二樓！」

聽到無線電傳來的訊息，徐水革向站在樓梯對面的幹員簡短地下達命令。如果沒有特殊情況，他打算直接進入柳煥一行人與金大佐正在對峙的地方。幹員點頭示意並爬上樓梯。徐水革透過無線電通報現況：

「我們要進入了，二樓確認沒有目標。」

才剛說完，樓梯上就傳來劈哩啪啦的聲響，進入的幹員隨即從上頭摔了下來。看來有人埋伏在二樓。徐水革與其他幹員趕緊將身子緊貼牆壁，準備觀察情況，卻聽見一股低沉的嗓音。徐水革迅速轉頭看向上方，有個人影守在階梯上。

「這是共和國的事，由我們自己處理，南韓人別插手。誰要是想上去，就會死在我手裡。」

金大佐的身影隨著話一說完便消失不見，空蕩蕩的建築物裡迴盪著金大佐的嗓音。徐水革的表情頓時凝結，他想起了這個從很久以前就操控著自己人生的嗓音。

在徐水革的童年回憶裡，父親總是不在他身邊。原以為父親只是平凡上班族，但他週末也經常不在家，當然也很少與兒時的水革歡度時光。母親交通事故身亡後，水革更難逃寂寞孤單的命運。

某日清晨，金大佐拜訪水革家，水革被奇怪的聲音吵醒，將房門微微打開一道縫，透過門縫，他看見金大佐的身影。客廳裡血流成河，水革的父親倒臥在地。即使在昏暗的夜裡，水革依然清楚看見金大佐的身影，聽見他冷血無情的嗓音。

「同志，看來我對你過度評價了，果然五名共和國戰士被同志逮捕是有原因的。」

金大佐發現水革父親的眼球轉移到房門的方向，透過門縫親眼目睹父親慘死的少年與父親四目相交。金大佐明白他父親掛念什麼。

「安心地闔上眼吧！同志為南韓工作，我為共和國工作，對我們來說僅止於此。我不會對不是軍人還只是個流鼻涕的孩子動手的，安心上路吧！」

說完，金大佐將頭轉向徐水革站著的房門方向，年幼的水革當場身體僵直。

「在這種情況仍繼續在暗處看著我，將來能成大器啊！」

下巴不聽使喚地不停顫抖，年幼的水革為了不發出聲音而緊咬上唇。但他無法閉上雙眼，透過流下的淚水，死去的父親與金大佐的身影也逐漸模糊。水革將這血淋淋的殘忍畫面永記在心。

「隊長！隊長！怎麼回事？」

突如其來的情況導致幹員們不停透過無線電詢問，站在徐水革後方的幹員將情況做了通報：

「進入障礙！二樓通道有一名目標，估測是鯊魚級！不確定是否武裝！」

「組長，打擊部隊先頭組一分鐘內可以進入現場！」

徐水革闔上雙眼，不讓剛才的情感外露，他深吸一口氣。既然金大佐都揚言警告了，最好不要輕舉妄動。

「不行！金大佐很有可能影響到其他所有目標。先掌握情況，全員待命！」

徐水革眉頭深鎖，滿是憤怒。

「我們會抓到你的。」

——有時候，我也想過這或許是一場夢。是啊，母親、共和國、五四四六部隊，以及為了生存的各種鬥爭、飢腸轆轆的野狗們……在共和國度過如千年一般的漫長時間，都是事實。

——以前的我，是碰上下雨就淋雨，就算精疲力竭也要站起來決一死戰，毫不猶豫。但現在這裡的人們，是下雨就一起撐傘，有人走不動就成為對方的腿直到能走為止……然而我卻絕對不能信賴，也不能給予任何情份，這些都是事實。

——如果這兩者都是作夢的話，原本有著必須鬥爭生存下去理由的共和國，與不知不覺之間習慣適應了的南韓……我究竟希望哪一個才是真實呢？

記憶裡早已模糊不清的母親，以及中間不時穿插出現的奶奶，柳煥沮喪地低頭不發一語。比起死亡還要沉重的茫然感佔據柳煥腦海。此時，他的左肩膀與右手臂突然被黃載伍射來的子彈貫穿，比起身體的疼痛，敲醒精神的槍聲反而使他突然瞪大雙眼。

「什麼啊！喂，叛徒元柳煥，瞧瞧你現在這副德性。」

黃載伍重新填裝子彈，一步步朝柳煥走去。

「這是什麼恐慌狀態？我大概知道這是什麼情況，但身為五四四六部隊最佳戰鬥組前五星組組長，這模樣也太遜了吧！」

海浪與崔完宇在一步的距離外看著柳煥與黃載伍。黃載伍站到毫無反應癱坐在地的柳煥面前。

「我射了你幾槍死不了的地方，想說你應該多少有些反應，沒想到接了傻瓜任務還真的成了傻子！天下最傲慢無禮的李海浪，還有為了生存什麼事都做得出來的惡鬼元柳煥，正因為你們這些不把效忠共和國之心擺在第一位的敗類，今天五四四六部隊的名譽才會受損！」

黃載伍將槍口頂在柳煥頭頂。

「你們這些不要臉的兔崽子怎麼會知道，至今只為共和國榮耀與未來而犧牲的那數百、數千名革命戰士的忠誠？我在那些偉大的戰士面前發誓，會找出所有背叛共和國的叛徒，將子彈一一貫穿他們的腦袋。」

「呵，呵呵，這蠢蛋……」

不小心笑出來的是站在一旁被崔完宇抓著的海浪。

「這……狗娘養的東西，到現在還……」

黃載伍雙眼緊盯著海浪，額頭爆出青筋。正當他準備說話微微張口時，眼前突然玻璃碎片四散，身體騰空翻轉了半圈。柳煥將黃載伍的臉按壓在地。海浪嘀咕著說：

「黃載伍，是啊，你應該知道的，因為你是共和國真正的戰士。我們為了共和國卯足全力什麼都做了，那麼辛苦地活到今天，那麼辛苦地成為怪獸，不過只是希望黨能照顧一位身在故鄉的母親，這負擔有這麼大嗎？」

柳煥的眼淚一滴滴落在黃載伍臉上。

「蠢蛋……是你們自己要跳進陷阱，難道沒有想過我們早有準備嗎？」

黃載伍被柳煥制伏在地，位於同層樓監視這一切的徐尚久按下耳麥焦急地喊道：

「狙、狙擊手同志們，這裡情況不妙！快叫支援射擊！」

柳煥瞄了窗外一眼。

「Hit3，這裡是Hit3！對面三樓三點鐘方向捕捉到狙擊手在移動！」

建築物外南韓狙擊手們一個個就定位，開始傳送訊號。正瞄準柳煥所在建築物的北韓狙擊手被幹員們發現。

「Hit4，Hit4！定位點二十公尺旁也捕捉到！目前掌握三個定位。瞄準目標物聚集點。為了縮小死角，重新校正位置。」

「等等，那是我們的狙擊組！那兩組人馬原本各自隱蔽，為了掌握視野才逐漸靠近，剛剛捕捉到他們同時移動！」

透過無線電傳來訊息，徐水革與幹員們再次小心翼翼地沿著樓梯進入建築物。

崔完宇將海浪朝牆壁甩去，海浪無力地摔倒在地。

「這死兔崽子，想殺我……就給我一個痛快……」

崔完宇走到海浪面前，用巨大的拳頭猛力往牆上一揮，水泥牆上掀起一陣土塵，他開口道：

「在您死前……麻煩您……回答我，將我妹妹……從集中營裡救出來的人……是組長您嗎？」

崔完宇這才終於正眼直視海浪。

「我只是去確認你這傢伙的妹妹是不是真像你說的那麼漂亮，要是漂亮我就娶回家。噗，結果一點也不漂亮，我看跟你長得一模一樣。」

海浪露出了笑容。

「謝、謝謝您，組長。」

崔完宇留下簡短一句話便轉身離去，朝正壓住黃載伍的柳煥走去。他將柳煥推向一旁，柳煥承受不住巨大身軀的推力而滾到另一頭。黃載伍開口道：

「幹得好！崔組長，呵……快給我殺了那兩個兔崽子……」

搖晃著身子站起身，黃載伍指著柳煥說道。崔完宇再次走向柳煥，一把抓起柳煥的後頸，將海浪也一起扛到肩上，走到通往陽台的樓梯。面對崔完宇突如其來的舉動，錯愕不已的黃載伍喊道：

「喂，崔組長，你現在是在幹什麼？」

海浪與柳煥也同樣感到驚愕。雖然很想掙脫，但都不敵崔完宇的大力氣，只能被這樣倒掛著。

「你這小子，到底要幹嘛？」

海浪呼吸急促地對崔完宇問道。崔完宇一步步踩著階梯，黃載伍緊跟在後大喊著崔完宇的名字，但他毫不理會，只有默默地說：

「元組長，對您如此無禮，十分……抱歉。只、只要再一下下就好。」

抵達通往頂樓陽台的鐵門前，崔完宇打開鐵門，將柳煥與海浪推到陽台上。外頭下著大雨，他捲起褲管取出藏在靴子裡的兩把刀，丟到兩人面前。那是海浪與柳煥的魟魚刀。

「魟魚刀？搞什麼，你，為什麼……」

海浪看著丟來的刀子問道。崔完宇背對鐵門轉身說：

「我知道組長離開之前，不只我，所有黑龍組組員的家人……您都有照顧他們。組長，我太笨太傻，想不出其他方法，只好選擇這種方式。組員的性命原本就是組長的……我願意為您犧牲性命。」

海浪一抬頭，崔完宇就將陽台鐵門緊緊關上。

「或許只能撐個幾分鐘，七點鐘方向……背對著牆移動……可以避開……狙擊手的視野。」

鐵門嘎地一聲關了起來，站在樓梯下方的黃組長緊盯著崔完宇大聲咆哮道：

「喂，崔組長！你知道你在做什麼嗎？這是會被直接槍決的！」

崔完宇雙手高舉擋在門前，執意不讓黃載伍通行。

「人生……反正就這麼一回……精采地活一次再帥氣地離開……不是很好嗎……這

是組長常說的話。」

黃載伍咬牙切齒地對徐尚久喊道：

「徐教授同志！告訴狙擊組，黑龍組第四大組長崔完宇背叛了我們！叫射程中的狙擊手即刻將他槍決！」

崔完宇想起海浪離開基地的前一天，他們在山上相處的時光。基地裡所有人，是敵人也是同志。在那個不踩著別人屍體就無法往上爬的地獄裡，海浪是唯一一位照顧他們的組長。

「喂，副組長，你喊我一聲『哥』看看。」

「啊？組長，怎麼可以……」

「怎麼？小子，我明天就要離開了，快喊一聲給我聽。」

「還、還是不要吧，我怎麼敢……這真的不妥。」

「臭小子，真是的，我從小沒有兄弟姊妹啊！快喊喊看。」

「那、那也不行。我怎麼敢叫組長……更何況……」

「更何況什麼？」

「那、那個……我比您……大四歲。」

想起與海浪最後的對話，崔完宇擠出一抹淺淺的笑。

門後方傳來敲打鐵門的聲音。海浪為了打開鐵門卯足了全力，但被崔完宇擋住的鐵門如石牆般牢固。接著，傳來一陣震耳的槍聲。

工地裡傳出槍聲使得南韓幹員驚慌地移動。位於二樓樓梯轉角正準備進入的徐水革與幹員透過無線電接收到訊息：

「報告！二樓對方的定位處發射了十四枚子彈。」

「情況報告！」

「我方沒有傷亡，狙擊組可否掩護我們？」

「可以透過窗戶進行掩護，但我方與對方都能捕獲視野。」

聽到無線電回傳的訊息，幹員看了徐水革一眼。

「展開R3作戰計畫！」

「R3展開！R3展開！殲滅對方狙擊組，打擊部隊進入！」

無線電另一頭傳來迅速應對的聲音。幹員對徐水革說：

「組長，我先上去……」

話還沒說完，從轉角處伸出一隻黑手緊抓住幹員的後頸，瞬間，彷彿被魚鉤勾住一般，幹員的身體懸吊在空中，消失在轉角。

「姜秉民！」

徐水革根本來不及出手救人，雖然他迅速跟著追上去，卻不見幹員的身影，也不見金泰源的影子。就在下一秒，癱瘓的幹員軀體滾下樓梯，徐水革在樓梯下方舉起手槍大喊道：

「金泰源！出來！」

「位置露出！位置露出！快後退！」

耳麥裡傳來幹員們不停呼喊要他後退的聲浪。原來爬上樓梯的徐水革剛好露出在身後打開的窗戶，進入了北韓狙擊手的射程範圍。砰地一聲，狙擊手朝徐水革發射一枚子彈，子彈驚險地打在徐水革手持的槍上，擦過他的手。躲到牆後方的徐水革聽到金泰源的嗓音：

「同志，果然是徐水革沒錯。我先前就接到關於同志你的情況報告，看來是真的。你欺騙了我們與共和國，還出現在這裡，叛徒自然是要被處死的。」

「瘋子，我從沒背叛過我的祖國。」

徐水革對金泰源放話的期間，耳麥裡不停傳來訊息：

「依據剛才的槍擊掌握到對方兩處定位，只要對方一移動，馬上可以狙擊。」

徐水革動著腦筋思考著，金泰源不大可能主動移動。他深吸一口氣，再次朝樓梯走一步。

「幹員，固守位置！不許脫離！徐隊長，你在幹嘛？還不快撤！」

徐水革不理會耳麥裡傳來的命令，大膽站到敞開的窗戶前。

「看、看到了！瞄準目標！」

接著，建築物外槍聲此起彼落。徐水革一進入北韓狙擊手的射程範圍，子彈立刻打進他防彈背心的肩膀處。朝著開槍的方向，南韓幹員也馬上發射子彈，位於建築物前陽台的兩處狙擊手額頭都卡進了槍彈。

「只剩一個！幹員快隱蔽，快！」

徐水革沒有逃出射程範圍，一直站在原地不動，無線電裡傳來要他快點離開的呼喊聲。雖然三名狙擊手已經除掉兩名，但還剩下一名。聽到隱蔽命令的徐水革喊道：

「看到就直接逮捕！」

原以為會呈現槍林彈雨的局面，沒想到四周鴉雀無聲。維持了幾秒鐘的寂靜後，幹員們透過無線電傳來訊息：

「誰抓到的？」

「Hit1，不是我們。」

「明明有三個定點！剩下一個不是我們抓到的！抓到請回報！」

「什麼，難道被逃走了？」

旁邊一棟建築物頂樓陽台上，透過南韓幹員的耳麥偷聽情況的是海真。海真前方躺著一位北韓狙擊手。除掉最後一位狙擊手的正是進入建築物裡的海真。雙方打鬥的過程中，狙擊手剩下的短刀插在海真側腰，鮮血直流。海真調整呼吸開口道：

「共和國狙擊手……除掉了。快、快去救……組長……」

「你是誰？報告身份！」

透過無線電無法辨別海真的身份，幹員們急忙追問，但徐水革心裡早已明白是誰。

隨著北韓狙擊手通通被除掉後，徐水革走上樓梯一步。注視著這一切的金泰源聲音從樓梯上方傳來，徐水革面對金泰源的影子站著。

「為了共和國，三十二年……我為祖國效力了整整三十二年，結果竟如此不堪，還要淪落到親手逮捕一手培育的戰士……我栽培你們，可不是為了在這裡死去！應該要為共和國幹一件大事再光榮地死去才對，我的人生……真是白活了。」

他的聲音宛如幽靈般低沉，卻似乎能感受到一股真情流露，看來他早已準備好為共和國奉獻性命。徐水革手持魟魚刀開口道：

「金泰源教官！你絕對是北韓優秀的軍人，也是一名愛國者，我同樣也是在這個國家想努力成為像你一樣的存在。現在沒有人質，我會以活捉全員為目標展開作戰。但是，如果與你對戰的過程中面臨到必須殺了你的狀況，我會非常高興，所以，快點出來殺我吧！」

樓梯上的影子開始移動，厚重的軍靴一步步踩著階梯走下來。

「我養你這個小傢伙……沒想到竟如此傲慢。」

崔完宇將柳煥和海浪推到陽台後，用身體擋住了狙擊手的子彈，橫倒在鐵門前。黃載伍踩著血跡爬上陽台。

「傻子，竟然為了李海浪這種人渣選擇這種死法。」

橫倒在地的崔完宇彷彿要將最後一口氣都使出來一般，眼神閃爍著堅定的意志，手緊抓住黃載伍的腳踝。黃載伍將槍口對準崔完宇的額頭。

「走開！別妨礙我。」

黃載伍露出尖銳的犬齒，扣下板機。隨著槍聲消散，陽台鐵門下滲出鮮血。海浪跌坐在地，反覆咀嚼著崔完宇最後那些話。總是結巴的崔完宇，唯有在最後向海浪說出那段話時，順暢流利毫無停頓。

「他沒有結巴，臭小子，一句都沒有結巴地清楚講了出來。其他話都講得不順，但那段話，他說得比任何人都還有自信，表示他在心裡已經練習過很多次。看來這小子早有打算在這裡命喪黃泉。」

全身淋著雨的柳煥像是突然想起某事一樣叫住海浪：

「海浪，對，你知道吧？你肯定知道，我母親……我母親還活著嗎？」

「臭小子，那又怎樣？」

海浪的聲音混雜著雨聲，聽起來像在哀號。

「我母親可是一輩子都沒被當成人看，像個畜生一樣死去！我連母親的記憶都沒有！你家人是死是活，關我屁事！」

海浪搖晃著站起身，對著凍結成冰的柳煥咆哮。

「小子……醒醒吧，忘了她。我去集中營時早就找不到你母親和我組員的家人了。」

柳煥的眼角不自覺地積滿淚水。

「柳煥同志，你一定要活下去，丟下那些狗屎般的過去，至少活得像個人一回。我呢，沒什麼好留戀的，如果我們運氣好，其中一人能活命……你就好好活下去吧！」

兩人不發一語地在陽台上淋著無情的滂沱大雨。此時，手機鈴聲響起，海浪慢慢地掏出手機，螢幕上顯示陌生的電話號碼，海浪面無表情地接起來，手機另一頭傳來開朗的嗓音。

「啊？呃，是……我瞭解了。」

掛上電話，海浪止不住苦笑，當他笑到咳嗽時，傷口就會流出更多血。海浪抬頭看向柳煥，露出燦爛的笑容。

「我……面試過了。」

「這裡是Hit2，Hit2！已移動到狙擊手隱蔽的地點，掌握完危險要素再尋找陽台掩護處。」

幹員跳上樓梯，移動到北韓第三名狙擊手原本所在的位置。奔跑中的幹員透過耳麥聽見無線電裡傳來：

「聲音核對確認，從該處發出訊息的是我們先前活捉到的鯊魚級目標。抵達前須先掌握危險要素……」

「喔！」

「確認目標了嗎？」

「Hit2，這裡有點奇怪。」

幹員眼前只有一位北韓狙擊手橫屍在地，以及一把沾染血跡的短刀掉在一旁。聚集成窪地般的血漬一路延續到建築物外。海真處理完狙擊手並傳送無線電訊息後，早已離開了現場。

「狙擊手死亡，目標推測已逃亡，Hit2就定位待命。」

金大佐走下樓梯，與徐水革展開一陣猛烈的打鬥。當徐水革出現防禦漏洞時，金大佐的拳頭揮了過去。徐水革被壓在柱子上左閃右躲地說：

「歲月不饒人啊，是吧？」

徐水革的魟魚刀插進金大佐的右側腰部，鮮血沿著銳利的刀鋒不停直流，金大佐沒有發出一聲痛苦呻吟。

「很好。」

金大佐不留任何空間，再次朝徐水革猛烈地攻擊。

持槍對準崔完宇額頭並扣下板機的黃載伍，拿起手機按下按鍵。

「是我，情況不妙，準備一下。」

黃載伍只簡短說了這幾句就掛斷手機。接獲黃載伍電話的男子正站在月亮村巷子裡淋著大雨，為了等待黃載伍的電話，他已在村裡徘徊大半天。

接到電話後，男子從逐漸昏暗的巷子朝村子的方向走去。壓低帽檐的男子走在雨中，走向雜貨店。奶奶就坐在外面的平床上。男子故作自然地向奶奶搭話：

「大嬸，這裡有賣傘嗎？」

奶奶聚精會神地抬頭望向男子說道：

「我看你不是這村子的人。怎麼辦，賣的雨傘倒是沒有……你等等，家裡應該有舊傘，你用完就丟了吧！」

男子對著手撐膝蓋站起身的奶奶說：

「哎唷，十分感謝您。那麼，就給我元柳煥，不，方東九用過的傘吧！」

男子的眼神在帽檐底下閃爍。男子與奶奶消失後，雜貨店平床下只留著東九那雙舊拖鞋與幾滴血漬。

掛掉期待已久的面試通過電話後，海浪茫然若失。大雨中的柳煥與海浪沒有交談，忍著傷痛流的鮮血也早已被雨水沖刷洗滌。柳煥緩緩抬起頭，用整張臉迎接滂沱的雨勢，他可以清楚感受到冰涼的觸感。若兩人之中有一人可以存活，叫他務必要活下去的話語，此時才在柳煥耳邊緩緩響起。柳煥對海浪說：

「海浪，你決定吧！不是說現在開始要照你的意思做嗎？你要這樣死掉嗎？」

柳煥往前一步抵達鐵門，撿起掉落在地的魟魚刀。柳煥的刀是彎月形，沾滿手紋的木頭握把與柳煥的手非常契合。他輕輕揮一下手腕，伴隨著喀嚓一聲，閃耀的刀刃從握把中彈了出來。

「還是要試著活下去？」

好幾輛箱型車駛進工地，徐水革要求的打擊部隊抵達現場。

「打擊部隊抵達，打擊部隊抵達！目前狀況：沒有人質，與二樓先頭組斷訊！現場幹員掌握狀況，帶領打擊部隊迅速進入！」

開進工地的車子聽到無線電訊息後，急踩煞車停住。除掉狙擊手的海真逃出建築物外，藏身注視著打擊部隊抵達，全副武裝的隊員依序跳下車。

「α隊，立刻進入！現場幹員，都準備好了嗎？」

「立刻進入！」

「Hit組！固守目前所在位置！」

工地一角，海真正躲在牆壁後方觀察著打擊隊員的一舉一動，並從耳麥接收即時的狀況報告。想要抵達柳煥所在的頂樓陽台，唯一的方法就是潛入打擊部隊。側腰仍血流不止，海真看準獨自站在最後面的一位幹員，迅速俐落地將他的頸部扭斷。前方排成隊伍毫無察覺異狀的打擊隊員開始進入建築物，入口處有一名被金大佐擊斃的幹員臥倒在地。

「義務組，外面負傷組員一名！α隊繼續進入！」

與金大佐對峙的徐水革喘了口氣，金大佐將插在身上的刀子拔出後，對徐水革進行一連串猛烈的攻擊。直到樓下傳來轟轟聲響，金大佐才停下動作仔細聆聽，徐水革也聽見了。

「看來是我們的人到了。別擔心，我一定會親手逮捕你的。」

就在金大佐動搖的瞬間，徐水革朝掉在金大佐腳旁的刀子撲過去，金大佐迅速踹開徐水革，毫不遲疑地轉身踩上階梯。

「呃，給我站住……金泰源！」

徐水革站起身大喊。金大佐轉過頭停頓了一下，表情如雕像般毫無變化。

「比起在這裡應付你，我的任務才是優先，這可是救了你一命。」

「金泰源！」

徐水革準備追上金大佐時，打擊部隊剛好來到二樓。

「組長！發現二樓幹員，一名重傷！」

打擊部隊進入金泰源爬上的二樓階梯，後頭一位幹員對徐水革問道：

「沒事嗎？」

「沒事，先帶走傷者。」

瞬間，傳出一陣細細的電子音，是打擊部隊爬上半層樓梯時發出的，徐水革大喊：

「退後！不要上去！」

瞬間，建築物二樓飄起沙塵，空氣被水泥灰籠罩，分不清眼前的狀況。樓梯下方爆破的水泥殘骸散落一地。

「報告情況！快報告情況！」

「進入道路爆炸崩塌，沒有人員傷亡，爆炸規模不大！」

通往頂樓的樓梯因爆炸而徹底阻絕，看來不是為了攻擊打擊部隊而引發爆炸。徐水革自言自語地說：

「不是為了對戰，而是為了拖延打擊部隊進入的時間。」

幹員們四處尋找可以通往頂樓陽台的其他通道。

坐立難安的徐尚久發現抵達同一層樓的金大佐後，焦急慌亂地說：

「金大佐同志，您怎麼現在才到？情況不妙啊！您看，我也受傷了！你們得保護我才對啊！要是回去共和國，這件事……」

金大佐一步步走向歇斯底里的徐尚久，一手抓住他的臉推向柱子。金大佐的力氣大到足以讓徐尚久的頭埋進水泥柱裡，牆壁碎裂的聲音在近乎無人的樓層裡盤旋繚繞。

「徐教授，同志你說的沒錯，我的隊員不配當戰士，你的主張都對，我已經知道了……現在可以閉上你的嘴了。」

金大佐眼前是數名與海浪對戰後倒地不起的北韓壯漢，金大佐臉上長長的刀疤宛如一條蛇蠕動著。

徐尚久全身癱軟無力，金大佐放開手，瞳孔放大的徐尚久緩緩滑下地面。金大佐走向前，殘忍地踩了倒在地上痛苦呻吟的一位男子，男子在金大佐腳下斷了最後一口氣，四肢短暫痙攣。

「還有一口氣的偉大共和國戰士們，給我聽清楚了！我們今天不可能活著出去，我們都得在這裡喪命！但我不准你們白白犧牲，即使骨頭斷了也要站起來，要死也得執行完任務光榮地戰死，讓全天下看見身為共和國戰士的忠誠與勇猛！如果還活著卻無法站起，就由我親手處決！與其被南韓人逮捕受盡屈辱，不如光榮地為祖國犧牲！」

聽完金大佐的話，幾名男子掙扎著起身。金大佐巡視每一個人說道：

「站不起來的同志，就由我們好好送他們一程……再走吧。」

起身的男子對地上的人們使出最後一擊，便朝通往頂樓的階梯走去。黃載伍在鐵門前等待他們。

一輛黑色箱型車停在月亮村山頂的建築物前，被柳煥抓為人質的幹員還被困在裡面。當徐水革派出的幹員一抵達，被綁的幹員才終於鬆一口氣。

「呼，快幫我解開吧！目標持有通信設備。」

「知道啦！真丟臉，身為幹員這是什麼樣子？」

「呿，我一個人怎麼抵得過那些怪獸，能活著已經很厲害了。」

膠帶被撕起，揉著手腕的幹員說道：

「不過，我覺得有點奇怪，一個間諜怎麼會……」

「怎樣？」

幹員還記得金大佐抵達前柳煥對他說的話：

「同志，我沒有要害你的意思，別擔心。雖然無法向你保證接下來即將見面的同志不會對你下手，但只要乖乖待在這裡，應該不會有大問題。你們應該調查過我們了吧？南韓同志，我可以拜託你一件事嗎？如果我真的在這片土地上喪命……記得到我住過的雜貨店房裡，將地上的矽膠墊掀開，裡面有幾封信，希望你可以幫我和那些信一起火化，然後跟村民說我回故鄉了……你願意幫我這個忙嗎？拜託了。我希望從今以後人們想起我時，不要只剩下恐懼和害怕。」

海浪淋著雨，在陽台上沉默了好長一段時間，不停注視著電話，最後終於按下按鍵。撥出後，站在二樓欄杆叼著菸俯瞰村子的高爺爺接起電話：

「誰啊？啊，黃毛小子，雨這麼大怎麼不趕快回來？」

「哈，大叔，這可怎麼辦呢？實在很抱歉，大叔，我啊，這個月的房租可能繳不出來了，哈哈。」

電話另一頭傳來高爺爺的聲音：

「這人真是……你以為演員人人都能當嗎？要有一技之長啊，小子。」

「我可能之後幾個月的房租也不能繳了，哈。所以我想說，您去我房裡可以看到一把吉他，價格還不錯，賣掉它再加上押金大概就有一年的房租了。」

「喂，黃毛小子，發生什麼事了嗎？」

「還能有什麼事，我只是想回去故鄉罷了。」

海浪暫時將手機拿得遠遠的，轉身問柳煥：

「喂，柳煥，你有什麼話要說嗎？」

「我……不用了。」

海浪再次將電話靠到耳邊說：

「那麼大叔，我要掛囉，每天晚上彈吉他吵到您實在很抱歉啊！」

「喂，敏秀小子！」

海浪沒有聽完高爺爺的回話就將電話掛了。

接到海浪突如其來的電話又被掛斷，高爺爺吐了長長一口煙。

「呵，真是的，來這套。」

撐著傘的高爺爺注視著毫無人影的安靜巷道好長一段時間。

掛上電話後，海浪手握刀子笑著說：

「哈，我們那位小組長不知道還好不好？」

「那傢伙被抓走是好事，至少應該不會死。」柳煥答道。

兩人面對著陽台鐵門，金大佐很快就會從那扇門走出來。想到即將要和把自己栽培成怪獸的人決一死戰，柳煥與海浪緊握住手裡的刀。隨著一陣詭譎的聲響，鐵門打開，黃載伍、金大佐和手持棍棒的四名壯漢走了上來。海浪彷彿再也無法忍耐一般，對著那群人嘲笑了一番。黃載伍雙眼緊盯著柳煥與海浪，將手機放到耳邊。他停頓了一會兒，將手機丟到地上，踢了過去。手機滑到海浪腳下，黃載伍說：

「接吧！是李武赫隊長，跟他求饒看看，說不定會放你一條生路。」

海浪低頭看了看閃著光的手機螢幕，緩緩屈膝跪下。

「哎呀，我說隊長同志，我現在挨了幾顆子彈，不大有力氣接電話，就不接了。我想他應該是要講同樣的話，叫我找個安靜的地方隱姓埋名別再出來，這樣的話就會承認我是他兒子。這是在幹嘛？都要把我殺了還這樣，嘖，我的個性就是這樣，不可能聽話的，其它隨您便吧！」

海浪將手上的刀朝手機螢幕用力刺下去。

「我會跟隨母親去的，祝您萬壽無疆，隊長同志！」

黃載伍看著這一切，不斷摸著手裡的槍。

「幸好，連唯一的活路也自己放棄了。」

「臭小子，廢話真多。」

海浪對柳煥悄悄地說：

「柳煥，你說要照我的意思做對吧？我現在肚子上這個洞……有點問題，不大能跑。

黃載伍那死兔崽子，拜託你別殺了他，把他帶到我面前來。」

「第二通道！打擊部隊在第二通道待命！現場幹員抵達，準備合體進入！」

幹員們沿著通往四樓的通道進入頂樓陽台，站在最前方的是徐水革。

「金泰源，我一定會親手逮捕你。」

海浪還沒說完，四名壯漢便揮著棍棒朝他們衝去。柳煥急忙用刀砍殺那四名壯漢，四處噴濺的鮮血讓柳煥的視野逐漸模糊。

黃載伍朝柳煥舉起槍，連續開了四槍，但都失準。他繼續扣下板機，彈匣已空無子彈。柳煥沒有錯過這個機會，朝黃載伍一腳踢去，這一腳正中手腕將槍踢落在地，柳煥隨即把魟魚刀轉一圈，不偏不倚地頂在黃載伍脖子上。被刀架住脖子的黃載伍呼吸變得急促，柳煥緊握刀把，身子跟著轉一圈。黃載伍的身體隨著柳煥的轉動劃出一個大半圓，在雨中滑倒在地，剛好滑到海浪腳旁。

「哎唷，哈囉。」

「李、李海浪！等、等等！」

「崔副組長雖然有些無知遲鈍，但不至於背叛祖國。就算我死了，他的忠心也不會動搖。怎麼可以因為犯下一次失誤，就那樣殺了他？」

黃載伍面露驚恐。

「不是早有死亡的心理準備才來的嗎？黃同志，瀟灑一點吧！」

正當海浪高舉刀子時，黃載伍大喊道：

「等、等等！我、我要是死了，村裡的人也會一起死！」

海浪的魟魚刀瞬間停頓了一下。

「是、是真的！如果我今晚不下令中止行動，就不會停止。哈，你們已經把情意交給南韓人了不是嗎？對吧？曾經和你們一起生活的南韓同志死掉也沒關係嗎？第一個就是跟柳煥一起住的老太婆！接著是你住過他家的那位老頭！呵，我早已派好人了！」

黃載伍臉上再次浮現卑鄙的表情，他咧嘴笑著。雖然海浪短暫地停頓了一下，但馬上又正視黃載伍的臉龐，擠出一抹微笑。

「那跟我有什麼關係？不過是個認識不久的南韓人，能怎樣！若要我親手殺死他們可能還有些掙扎，但你覺得我會感性到被你這卑劣的傢伙說服嗎？」

「元、元柳煥！對！元柳煥可能不同！」

「瘋子……那傢伙跟我一樣，能有什麼不同……」

海浪抬頭看向柳煥，然而他想錯了，柳煥早已掉入黃載伍的陷阱，氣得失去理智，柳煥開口道：

「你說什麼？要把奶奶怎樣？」

海浪咬牙喃喃自語道：

「幹……這小子在這裡住太久了。」

「黃載伍！你為什麼那麼做，為什麼要動村裡的人？」柳煥大聲問道。

「醒醒，元柳煥！你難道忘了你背後是誰嗎？」

隨著海浪的一聲喝斥，柳煥轉身看見金大佐就站在他身後。金大佐徒手握住柳煥的刀，朝柳煥揮了一拳。柳煥的刀子滑落，整個人跌坐在滿是雨水的陽台地面。

「喂，站起來，臭小子！」

聽見海浪的喊叫聲而抬起頭的柳煥雙眼通紅，看著黃載伍說：

「黃載伍……不行，那些人與我們無關……為何……」

「你看！聽到了吧？哈哈哈，要是現在殺了我，你這位最好的朋友應該會痛哭失聲喔！」

海浪抓起黃載伍的衣領警告道：

「這狗娘養的！快叫他們停止！不然我馬上把你宰了！」

「呵，傻子，唯一能聯絡的電話被你一手砸毀，要我怎麼聯絡？能夠阻止的方法就是讓我活著走出去，哈！就算被南韓逮捕，我也已經安排好逃脫的方法了！你們無論如何都是死路一條！」

黃載伍充滿自信地說道。與此同時，金大佐在柳煥身後撿起他掉落的刀，奮力一擲，飛出的刀子穿過雨滴正中黃載伍胸膛。

「呃，大、大……佐……為什麼……」

「我沒有下過那種命令！黃載伍，你這個小人，竟敢自己安排逃路，你不配當我們共和國的戰士！」

鮮血如噴泉般從胸口不斷湧出，黃載伍逐漸失去力氣。海浪與柳煥看向金大佐。

「你們可知道，等一下南韓人就要上來了。我們……不能輸在這裡。雖然是死亡的命令，但我們此時此刻仍是以共和國為傲的戰士，會按照任務與你們決鬥到底！不會像你們那樣為了活命而侮辱祖國！」

金大佐震耳欲聾的高喊聲在工地裡迴盪，隨即一聲槍響貫穿金大佐的肩膀。

「誰准你們自行決定死活的？全員逮捕！」

徐水革與打擊隊員進入頂樓陽台。

「捕獲目標，捕獲目標！主要目標全員捕獲！確認有人員傷亡！呼叫救急隊！」

「這裡是Hit2！繼續掩護打擊部隊！」

EPISODE 8

我怕你想起我時
會感到恐懼……

「沒有人質！目標是活抓全員。Hit組繼續固守狙擊掩護位置。」

徐水革與打擊隊員就定位，以槍瞄準目標，下達最後通牒：

「五四四六部隊金泰源、李海浪、元柳煥，所有人交出武器！只要聽從指示，就能保障你們的安全。」

金大佐把手放進口袋。

「不許動！再動就開槍！」

從口袋裡取出一枚手榴彈。

「身為偉大共和國的戰士……我一點也不想乞討活命。」

位於徐水革後方的幹員急忙透過無線電傳送訊息：

「是手榴彈，對方持有爆裂物！全部隊員停止靠近！」

金大佐轉身望向徐水革大喊道：

「我不是來攻擊你們南韓的！不要干涉我們的事！共和國戰士榮耀的最後一刻，不需要你們流一滴血！」

全副武裝的打擊隊員站到徐水革與幹員前方，手持盾牌防禦。

「這裡是Hit2！爆裂物推測是高爆手榴彈，再次重複，是高爆手榴彈。固守在爆炸範圍外！目前爆炸範圍內只有目標物。」

金大佐拿著的是爆炸範圍較小但威力較強的高爆手榴彈。站在陽台鐵門前的徐水革與幹員們還沒進入爆炸範圍內。金大佐的目標是與自己只隔幾步距離的海浪與柳煥。柳煥突然看向海浪說：

「手機！海浪，給我你的手機！」

拿到手機的柳煥用不停抖動的手按下按鍵。

「斗錫……我得聯絡斗錫……」

撥出號碼後響了好幾聲仍無人接聽，斗錫正在打電話回雜貨店。

「幹！媽妳到底在幹嘛？快接電話啊！」

後面的警官不停催促著斗錫：

「喂，趙巡警，還不快去管制的地區？」

「啊，是！馬上！」

斗錫急忙將手機放進口袋，跑去搭員警巡邏車。

「村裡竟然有間諜，這像話嗎？媽媽也是，東九這傻小子也是，千萬不能一個人到處亂跑啊！」

斗錫最後還是沒能接到柳煥打來的電話，響了幾聲後便轉進語音信箱。觀察情況的幹員透過無線電報告現況：

「一名目標持有手機！再次重複，一名目標試圖通訊。」

金大佐手握手榴彈，朝柳煥與海浪的方向走去，海浪喊道：

「喂，動作快一點啊！勾魂使者要來了。」

手機另一頭只傳來電話答錄音。

「斗、斗錫……」

柳煥支支吾吾地對著手機說。盤旋在腦海的話卡在喉嚨遲遲說不出口，雖然他開口叫了斗錫的名字，卻不曉得要說什麼。時間彷彿停止不動，柳煥聽不見任何聲音，流著血的傷口也感受不到疼痛，一秒宛如數十年般極為緩慢。柳煥緩緩闔上了眼。

——究竟為何會卡在喉嚨？為什麼說不出口？為什麼……我怎麼會這樣？從喉嚨到頭頂，胸口彷彿有一處是麻痺的，被人用力揪著的感覺。太不可思議了，像我這種人……像我這種野獸……

柳煥強忍著想要爆發的淚水，努力緊咬牙齒。

「斗、斗錫哥，我是東九……快、快回家……回家將……大嬸……」

柳煥腦海閃過斗錫的臉龐，說著「笨蛋東九是我唯一的弟弟」的斗錫臉龐不停出現在他眼前。柳煥臉上滿是淚水與血漬，雨勢逐漸變大，斗大的雨滴洗刷著他的臉龐。

「哥，我好擔心，我怕因為我，大嬸和你會受傷，我好擔心……快回家……」

柳煥捧著手機的手被金大佐的軍靴狠踹了一腳，手機滾落地面。

金大佐的眼神一點也不像人類，海浪開口道：

「呵，你這種人物怎麼會變成這副德性？」

「你們怕死嗎？」

「你是這樣教我們的嗎？」

「不，當然不是。」

金大佐高舉手榴彈厲聲喊道：

「偉大人民共和國的榮耀戰士！若再次投胎轉世，對今天的過錯要知道悔改，並終生效命於祖國！」

瞬間，三聲槍聲響起，射中金大佐的手腕。金大佐就像在看別人的身體一般看著自己被截掉的手指與掉落在地的手榴彈。子彈是從打擊部隊裡發射的。

「是誰？誰開的槍？」

「Hit2，不是我們！」

情況尚未掌握前，維持著隊伍沒有動作的打擊隊員其中一名向前走了出去。

「不許脫隊！固守位置！」

「喂，你要去哪？」

後方傳來幹員們的呼喊，無線電裡也不斷下達緊急指示。

「喂，你誰啊？快停止！打擊隊員一名，出現突發行為。」

那名打擊隊員毫不理會大家的呼喊，繼續走向金大佐。每走一步，他的側腰處就噴出暗紅色的血。

「那小子……」

徐水革看著那一跛一跛的腳步而察覺到他是誰。從頭到腳穿著打擊隊員服裝的正是海真。海真緩緩走向前，瞄準金大佐的膝蓋扣下板機。右手臂有著致命傷的金大佐隨著兩聲槍聲響起，跌坐在地鮮血直流。海真將槍口對準金大佐的後腦勺。

「你是誰？」

金大佐的嗓音緩慢而平穩，海真用另一手脫下護目鏡與安全帽，呼吸急促地問道：

「請您告訴我，究竟在哪裡？組長體內的追蹤裝置……到底裝在……哪裡？」

一眼認出海真的海浪與柳煥瞬間錯愕不已。陽台上陷入一陣寂靜，打破沉默的是金大佐：

「為什麼……你們幾個究竟為了什麼辜負共和國與我的期待？到底是什麼讓你們變成這樣？」

注視著金大佐與柳煥一行人的徐水革對著麥克風小聲說話。海真的槍口已經對準金大佐後腦勺，隨時都可能一觸即發。

「Hit組，有聽到嗎？」

「是，Hit2！」

「可否用狙擊打落那把槍？」

「暴雨導致視線模糊，可以瞄準目標，但要精準地打掉手槍恐怕有難度。」

「還是有可能吧？」

此時海真的槍口依然對準著金大佐的頭部。

「我只是想和他們在一起，即使手上沾染了血……像個乞丐一樣生活……我也只想與值得我信任、跟隨的人們在一起。如果這是不可能的事……至少讓我守護他們……只是這樣罷了。所以拜託您……告訴我吧！」

徐水革向狙擊手下達簡短的信號：

「現在。」

子彈不偏不倚地打在海浪手持的那把槍上，隨著尖銳的碰撞聲與打在槍身上的子彈衝擊，海真的槍掉落在地。

「打到了！等、等等！」

金大佐的左手朝手榴彈伸去，徐水革急忙喊道：

「不能讓他抓到手榴彈！」

狙擊手快速瞄準金大佐，但他另一手已經拿到了手榴彈。

「啊，幹！」

海浪卯足全力丟出刀子，插進金大佐的手臂，但這點傷根本不足以阻止執意要自盡的金大佐。

「呼……一起走吧！」

金大佐拔開手榴彈的安全鎖，與此同時，柳煥奮力起身朝海真撲過去。

——傻小子，幹嘛來這裡？

柳煥將海真緊抱在懷裡撲倒在地。

「別動，馬上就結束了。」

「手榴彈要爆炸了！全員隱蔽到盾牌後方！」

「你們是……我的驕傲，一起……走吧！」

金大佐手持手榴彈，手臂上仍插著海浪的刀。海浪的身體往前傾。

「幹！有夠丟臉的，竟然沒能一次砍斷他的手筋！」

海浪厲聲高喊，直直奔向金大佐，用力抱住他的身體。

「帥氣的事……要由我來做！」

海浪與金大佐碰撞到陽台欄杆。瞬間，兩人傾斜到欄杆之外，雙腿也逐漸騰空。徐水革與幹員們還來不及反應，金大佐與海浪已經掉到欄杆外頭。

——人生還有什麼？不就是精采地活一回嘛……

海浪的腦海閃過幾張熟悉的面孔，身體如騰空飛起般的海浪嘀咕道：

「啊……玩夠了，我得走了。」

緊接著是強烈的爆炸聲響，就連建築物都能感受到爆炸的震動。

「目標墜落！墜落在第二通道前！」

「Hit1可以看見！沒有動靜，推測身亡，推測身亡！」

陽台上只剩徐水革與幹員們，以及柳煥和海真。

「全員！以活捉剩餘目標為優先！」

「Hit2！射擊避開致命處！」

柳煥看著海浪掉出欄杆外的地方自責不已，海真聽到幹員們在無線電裡的對話，迅速往剛才掉落的槍伸出手臂。徐水革的槍雖然瞄準了海真手臂，但海真的動作更快，搶先他一步。海真舉起槍與徐水革對峙。

「不行，不可以開槍！李海真，如果你開槍，我們就真的沒辦法了。」

海真沒有更改姿勢。

「不要開槍！臭小子，你還有活路可以走啊！」

「閉嘴，南韓兔崽子！我即使丟棄祖國也不會成為南韓狗！」

海真噙著淚水對身後的柳煥說：

「快走，組長，外牆……有許多支撐物，應該……可以逃離……我在這裡還能拖住一些時間……」

但柳煥跌坐在地，肩膀低垂，沒有任何動靜。

「組長？」

海真將槍口瞄準徐水革，用腳踢了踢柳煥。

「提起精神啊，元柳煥組長！」

被海真踢了的柳煥，身子直接癱軟臥倒在地。

「你還不明白嗎？為了救你一人，海浪組長已經死了！給我努力活下去！」

但柳煥聽不進任何話語，已經太多人死去，他想要拚命守護的人都死了，他已經找不到繼續奮鬥的理由。

——我想回到……可以什麼都不必知道的那時候。

放在西裝外套內口袋的存摺映入柳煥眼簾，那是他離開雜貨店時奶奶給的。柳煥伸出手臂，翻閱存摺，上頭印著奶奶每個月按時匯入的錢。前七個月的帳目上標示著「東九薪水」，接下來的六個月則標示「我們東九的薪水」，再接下來的三個月標示「我二兒子」，接著則是「兒子結婚基金」。柳煥緊握住存摺，一陣鼻酸想哭的衝動卡在他喉嚨，哽咽到難以呼吸。

——好想回去，好想念那樣的生活……

以笨蛋東九生活的兩年，早已超越以野獸之姿生活的十多年，深深影響著柳煥。柳煥的心臟像是被電擊過一樣快速跳動。海真朝幹員們扣下板機，狙擊手做出對應射擊，槍從海真手上掉下。海真將行屍走肉般的柳煥一肩扛起，往欄杆的方向走去。徐水革原本想緊追過去試圖阻止，但兩人早已輕輕掉出了欄杆。海真與柳煥宛如羽毛一般輕盈，飄浮在半空中。奇妙的是，徐水革竟覺得當下兩人的神情無比平和。

「組長……」

「嗯？」

「組長要是下輩子再投胎做人，您想當哪種人？」

「小子，可以選擇的話，我希望平凡一點。」

「平凡嗎？」

「在平凡的國家、平凡的家庭出生，當個平凡的孩子，平凡地過完一生。」

「組長，您的願望真不小！」

「你說什麼！臭小子，那你呢？」

「我、我只想……出生在平凡組長家隔壁。」

「那我啊，會出生在你們家對面，是個身材火辣的超級美女，將你們玩弄於手掌心，然後再通通甩掉，哈哈哈！」

「海浪組長……」

「幹嘛？」

「不要老是邊講邊偷偷把還沒剝的小魚乾丟來我這裡。」

「呿！精明的傢伙。」

下著雨的工地裡，已分不清下半身形體的海浪側身彎曲在黑色休旅車下，他的屍體彷彿有被拖移過，地上留著長長的血跡。海浪冰冷地躺在最後還是沒有賣掉的吉他箱上，逐漸僵硬冷卻。

一旁則是跌落的海真與柳煥。建築物陽台上的幹員們發出窸窸窣窣的聲音。掉落在海真身上的柳煥眼皮不停抖動，大雨像是要覆蓋住他們的身軀一般，越下越大……

EPILOGUE

尾聲

——那天之後的一年裡，村民被許多麻煩事糾纏。雖然聽聞不少「原來笨蛋東九是危險人物元柳煥」之類的傳言，但至今仍無從證實。如今，誰都不確定自己有沒有記錯，因為東九總是這樣，一下子出現一下子消失，無論出現在哪裡都絲毫不奇怪。無論下雨還是下雪、夏天還是冬天，笨蛋東九總是穿著同一套綠色運動服，出入村子口停車場、公園、巷口……但竟然有人說他那些傻笑舉動都是演的，不管聽多少次我都不信。那我為何還要不斷打聽東九的生死，反正也沒人願意告訴我。我真想你，東九。

月亮村裡堆積著潔白的細雪，從雜貨店前到村底下的垃圾巷，沿路印著一個個小腳印。反戴著帽子的奶奶站在垃圾巷口，那是她與柳煥第一次見面的地方，自從柳煥離開的那天起，奶奶每天都會刻意繞來這裡。

即使白雪紛飛，寒風凜凜，奶奶仍沒有撐傘。柳煥昏躺過的垃圾巷像是要抹掉過去的痕跡一般，覆蓋著白色的雪堆。嘎吱、嘎吱，一步步踩著雪地的聲音響起。奶奶與柳煥初次見面的地方掛著一幅相框，相框裡是奶奶、東九和斗錫一同合影的照片。

照片裡的東九笑容燦爛。奶奶用衣袖擦了擦相框，照片下方可以看見奶奶寫下的歪曲字跡：

東九啊，如果還活著，捎個消息給我吧！

聽著白雪不斷堆積的聲音，奶奶站在相框前凝望了好長一段時間。相框後方的牆上好像有人留下塗鴉，奶奶好奇地將相框取下，專心注視著牆上的字跡：

媽，好好照顧身體。

好久好久，月亮村垃圾巷裡只圍繞著下雪的聲音，寂靜而幽美。

文學森林 LF0049

偉大的隱藏者

은밀하게 위대하게

作者
崔鐘勳（최종훈）

一九九八，加入金秀龍（김수용）畫室。一九九九，以《殺手》出道，於《IQ JUMP》漫畫雜誌連載。二〇〇三，《Graffiti》於《IQ JUMP》漫畫雜誌連載。二〇〇六，《Deja Vu》轉向網路漫畫平台「Daum漫畫世界」。二〇〇七，《Siam》於網路漫畫平台「Daum漫畫世界」連載。二〇〇八，《航海》於網路漫畫平台「Daum漫畫世界」連載，《Siam》榮獲韓國文化部長官獎「今日我們的漫畫獎」。二〇〇九，《香菸箱子》於網路漫畫平台「Daum漫畫世界」連載。二〇一〇，《在地獄微笑》於網路漫畫平台「Daum漫畫世界」連載。二〇一一，《偉大的隱藏者》於網路漫畫平台「Daum漫畫世界」連載，榮獲「大韓民國Contents Award漫畫大獎」文化部長官獎。二〇一二，《不會傷害你》、《憂鬱星期天》於網路漫畫平台「Daum漫畫世界」連載，《少女The Wild's》於網路漫畫平台「Naver網路漫畫」連載中。

譯者
尹嘉玄

韓國華僑，政大廣播電視學系畢業。曾任遊戲公司國際事務、出版社韓文編輯，現為專職譯者。譯有《心理醫師媽媽告訴女兒的31件事》、《一天15分鐘，改變人生的整理術》、《我是朴槿惠》等書。

美術設計 林宜賢
責任編輯 詹修蘋
行銷企劃 傅恩群、曾士珊
版權負責 陳柏昌
副總編輯 梁心愉
初版一刷 二〇一四年八月十一日
定價 新臺幣二九〇元

ThinKingDom 新経典文化

發行人 葉美瑤
出版 新經典圖文傳播有限公司
地址 10045臺北市中正區重慶南路一段57號11樓之4
電話 886-2-2331-1830 傳真 886-2-2331-1831
讀者服務信箱 thinkingdomtw@gmail.com
FB粉絲團 新經典圖文化 ThinKingDon

總經銷 高寶書版集團
地址 臺北市內湖區洲子街八八號三樓
電話 02-2799-2788 傳真 02-2799-0909
海外總經銷 時報文化出版企業股份有限公司
地址 桃園縣龜山鄉萬壽路二段三五一號
電話 02-2306-6842 傳真 02-2304-9301

偉大的隱藏者 / 崔鐘勳原著；尹嘉玄翻譯. -- 初版. --臺北市：新經典圖文傳播, 2014.08
面； 公分. --（文學森林）
ISBN 978-986-5824-25-9（平裝）

862.57 103014130